新選百物語

吉文字屋怪談本 翻刻・現代語訳

篠原　進＝監修
岡島由佳＝翻刻・注・現代語訳
堤　邦彦／近藤瑞木＝コラム

白澤社

〈序〉深い緑のラビリンス――「百物語」は終わらない

篠原　進

「一千種類以上の怪異を紹介」した朝里樹《いつき》の力作『日本現代怪異事典』（笠間書院・二〇一八年）は異例のベストセラーとなりましたが、一つだけ気になる点があります。「口裂け女」や「トイレの花子さん」はあっても、「百物語」がないのです。四〇〇年以上に亘り怪談会の代名詞とされてきた百物語も、もはや死語となってしまったのでしょうか。

確かに、闇を失った現代は娯楽の種類も多様となり、夜咄《よばなし》を楽しむ機会も少なくなりました。ただ百の灯火を一話ごとに消し、物語に興じた遺伝子は今なお健在で、杉浦日向子『百物語』（新潮文庫・一九九五年）・京極夏彦『巷説《こうせつ》百物語』シリーズ（角川書店・二〇〇三年～）・第一三回中央公論文芸賞を受賞した朝井まかて『雲上雲下《うんじょううんげ》』（徳間書店・二〇一八年）といった書籍はもとより、一瞬で世界中に拡散されるＳＮＳや光溢れる都会のカフェ・テラスといった新たなステージで多くの物語が語られ、わたしたちの知らない不測《ふしぎ》でとてつもなく深い世界があることを教えてくれるのです。

一　村上春樹の百物語

村上春樹『東京奇譚集』（新潮社・二〇〇五年。映画『ハナレイ・ベイ』もここに収録された短編に拠る）もその一つですが、彼の最新作「三つの短い話」（『文学界』二〇一八年七月号）を三つの短編で構成された一種の「百物語」と読むことも可能です。若き日の「奇妙な出来事」や「不思議な事態」が輻輳し、言霊《ことだま》を触媒に想像力という名の再生装置がそれを無限に拡散させるからです。なるほど三つしかない短編集を百物語と呼ぶのは乱暴かも知れません。でも問題は数でなく、可能性なのです。枝話《スピンオフ》が簇出《そうしゅつ》する「千夜一夜物語」の例をあげるまでもなく、語られた物語の背後には語られずに残った無数の物語が伏在しています。村上自身も（四百字詰原稿用紙）六〇枚程度だった掌編『螢』（『中央公論』一九八三年一月号）の底に眠る「別の小さな物語」（『ねじまき鳥クロニクル』）を覚醒させ、九〇〇枚の長編を仕上げました。閉じない『螢』を衝《つ》き動かし、再起動させる動力源は何なのでしょうか。思慕する女性《ひと》との「一メートルの距離」が詰まらない、やるせなさ。言葉にならない、もどかしさ。心が通わない、切なさ。何も出来ずに立ち尽くした若き日の悔恨が業《カルマ》のように増殖し、幽霊《スピンオフ》が出現するのかも知れません。ともあれ、五年余の時間をかけた『ノルウェイの森』（講談社・一九八七年）が一〇〇〇万部のベストセラーとなったのは周知のごとくです。

二　百物語とは何か

「子は怪力乱神を語らず」（『論語』述而《じゅつじ》七）。表向きは、怪（ミステリー）、力（バイオレンス）、乱（エログロ）、神（オカルト）に触れることを避けた江戸の知識人。でも実際は「本能をゾクゾクと刺激する蠱惑《こわく》的な面白さ」を楽しんでいたのではないでしょうか（加藤徹『怪力乱神』中央公論新社・二〇〇七年）。本音と建前の、アンビバレントな感情。そんな思いをとらえた「化物の話を儒者はしつ叱り」という川柳。実は上級武士も百物語に興じていたのです（『紀州藩石橋家家乗』延宝七年（一六七九）一月二四日の条）。

『太平百物語』（享保一七年（一七三二））にこんな話が収録されています。化猫の惨殺体を目撃したことを契機に怪異マニアとなった若殿。料理方の与次が「いろいろのばけもの咄《ばなし》、或ひはゆうれひろくろ首、天狗のふるまひ、狐狸のしわざ、猫また（化猫）狼が悪行、おそろしき事哀れなる事、かなしきむくひ、武辺なる手柄ばなし、臆《おく》したる笑ひ草など、手をかへ品を分かち、御咄を申し上」げます。時は流れ、国主となった若殿は至福の季節を回想し、「（与次が）さまざまの物語をして、心を慰めしが、稚《おさな》心に剛臆の差別を知り、恥と誉の是非好悪を弁《わきま》へし程に、今以て益ある事おほし」と彼を三百石の大小姓《おおごしょう》に抜擢する内容です（巻五の五〇「百物語をして立身せし事」）。

ポイントは三つ。一は百物語の効用。勇気と臆病、恥辱と名誉の違いを若殿は学んだと言うのです。「「別の世界」の経験をし、他者への想像力を磨く」（見城徹『読書という荒野』幻冬舎・二〇一八年）、貴重な疑似体験。大事なのは「哀れなる事、かなしきむくひ」に言及していることです。これが二つ目。前述した、切なく、やるせなく、もどかしい思い。「皿屋敷」のお菊や「四谷怪談」のお岩の例を挙げるまでもなく、怪談というのは本質的に哀しいものなのです。喜怒哀楽の中でも突出して重く、これまでの人生を一変させるほどの起爆力を持つ「哀しみ」。ただ、その分だけ読者にかかる負荷も大きい。奥入瀬渓流の淡く深い緑を可能にしているのは、光の透過率の高いブナの葉だということをご存知ですか。重い葉ばかり重ねてもあの色は出ません。百物語も同じで哀しく重い話と、そよ風のように軽い話柄《わへい》の配置《バランス》、すなわちシークエンスこそが緑の迷宮《ラビリンス》に導くために不可欠な道標なのです。

三点目は「咄」と「物語」の違い。『噺《はなし》物語』の序文などを根拠に信憑性《エビデンス》が高いのが後者と主張する研究者もいますが、境界は微妙です（五頁傍線）。大洲市立図書館蔵『北湖流言集』（巻一の七「井の中より姥のくび飛出し事」元禄一一年）にこんな話が載ります。熊本城下の古井戸に出現した老婆の首は、飛翔し火炎を吐くという噂。友達と賭けをした若者の矢が命中し一度は井戸に消えますが、数刻後に出現。そのうちに矢種も尽き、老婆に睨まれた若者は気絶して盲目状態になるという結末です。

一読して気付くのは、枚岡明神の「姥が火」伝説に取材した『西鶴諸国はなし』（巻五の六「身を捨て油壺」貞享二年（一六八五））との類似。ただ、決定的に違うのは西鶴の該話に老婆を襲った哀しい「時間」（歴史）の洗礼が付加されていることです。育ちも良く枚岡小町と持て囃され男たちを夢中にさせた少女時代。そんな輝かしい彼女の人生が結婚を契機に一変します。夫の急死。それでも求婚者はひきも切らず、すぐに再婚。ところが同じ悲劇が何度も続き、気付けば一八歳までに一一回の結婚。

いつしか里の人にも疎《うと》んぜられて八八歳まで独り暮らしを余儀なくされます。燈油にも事を欠く極貧。思い余って枚岡明神の油を盗みますが、それが発覚し雁股《かりまた》で切られた首が火焔を吐きながら浮遊することになったと言うのです。

美少女の悲惨な末路。「人はばけもの」（『西鶴諸国はなし』序）というのは、人は時とともに変わり、運命や環境に応じ化けざるを得ないという哀しい現実でもあります。もし「ある出来事について、首尾やその経過をも含んだ話」（角川古語大辞典）が「物語」なら、これは『西鶴諸国物語』なのかもしれません。説奇と談理（中村幸彦）という用語を借りるなら、前者は「咄」、後者が「物語」ですね。

三　百物語の世界

ところで、「百物語」はどれくらいあるのでしょうか。国会図書館のデータベースでは九五九種がヒットし、国文学研究資料館『日本古典籍総目録データベース』には六一の「百物語」が登録されています。その概要は東雅夫『百物語の怪談史』（角川ソフィア文庫・二〇〇七年）が詳しく、怪異小説全般については信頼度の高い檜谷昭彦監修『一冊で怪談《おばけ》ばなし100冊を読む』（友人社・一九九二年）や「怪異」（『西鶴と浮世草子研究』2・笠間書院・二〇〇七年）もあります。作品は『近世怪異小説』（古典文庫・一九五五年）、高田衛『江戸怪談集　上・中・下』（岩波文庫・一九八九年）などで読めますが、『近世怪異小説研究』（笠間書院・一九七九年）で百物語研究を先導した太刀川清の『百物語怪談集成』（国書刊行会・叢書江戸文庫・一九七九年）『続百物語怪談集成』（同・一九八三年）が百物語を身近なものとしてくれました。近藤瑞木・他『幕末明治百物語』（国書刊行会・二〇〇九年）、堤邦彦『江戸の怪異譚——地下水脈の系譜』（ぺりかん社・二〇〇四年）も必読です。ここでは吉田幸一（『怪談百物語』古典文庫・解説）の指摘も踏まえ、代表的なもののみを示します（⑦⑯⑰は筆者が付加）。

①『諸国百物語』（延宝五年（一六七七））②山岡元隣『古今百物語評判』（貞享三年（一六八六））③西村市郎右衛門『諸国新百物語』（元禄五年（一六九二）。『御伽比丘尼』貞享四年の改題本）④梅花軒『好色百物語』（同一四年）⑤青木鷺水『御伽百物語』（宝永三年（一七〇六））⑥祐佐『太平百物語』（享保一七年（一七三二））⑦好阿『奇談百物語』（『御伽空穂猿』元文五年（一七四〇）の改題本）⑧烏有庵『万世百物語』（寛延四年（一七五一）『雨中の友』元禄一〇年の改題本）⑨柳糸堂『古今百物語』（『拾遺御伽婢子』元禄一六年序、一七年刊の改題本）⑩高古堂『新説百物語』（明和四年（一七六七））⑪鳥飼酔雅『新選百物語』（明和五年）⑫酔雅『近代百物語』（同七年叙）⑬『怪談百物語』（安政三年（一八五六））⑭村井由清『教訓百物語』（文化一二年（一八一五））⑮『絵本百物語』（天保一二年（一八四一））⑯荻田安静『近代百物語』（『宿直草』延宝六年（一六七八）の巻二、三、四を一冊にまとめたもの）⑰『近世百物語』（写本）。

浪人武田信行と若侍が百物語の「場」を仮構する①『諸国百物語』は読む「百物語」の原点で、全一〇〇話。大半が素朴な怪異譚ですが、「心のほかにばけ物はない」（巻五の一五）という記述や商人の欲、不正（巻二の一四、五の二）など何でもある粗削りで豊饒な可能性を秘めた作品集。たとえば「皿屋敷」物の嚆矢《こうし》（小二田誠二）、巻四の一七。誤って「針」を混入させたきくを熊本主理が折檻する場面（一ばんに水ぜめ〜五ばんめには〜）などに漂う説経節的古さは、子の死を契機に気丈な妻と臆病な夫との力関係が一変する巻三の二〇などと対照的で、泣き崩れる彼女を尻目に賭物の褒美を貰いに向かう男の虚無的メンタリティは新時代の「怪談」とも言えます。本書の前にも『百物語』（万治二年（一六五九））があり、これも全一〇〇話。『醒睡笑《せいすいしょう》』などと同趣のものが数多くあること（小川武彦『百物語全注釈』勉誠出版）は「怪談と笑話が背中合わせに同居していた」（太刀川清）という仮説を裏付けます。一方で本書には粽《ちまき》をめぐる貞徳と長嘯子の贈答（下の二三。『一夜船』巻一の二にも有）や漢詩など「わらんべのもてあそび草」（①の序）を超える知的な話柄も混じており、①に先行する百物語とは別本の可能性も否定できません。

而慍斎《じうんさい》（元隣）が百物語を「評判」（解読）する体裁の②『百物語評判』にも右の逸話は収録され（巻二の二）、全四二話。前掲の「心のほかにばけ物はない」という姿勢で、かまいたち、火の玉、木霊、見越し入道、舟幽霊などの怪異（異常現象）を陰陽、常と変、気といった用語で合理的に説明しようと試みた、弁惑（疑）物の嚆矢。腐儒《ふじゅ》、売僧《まいす》、遊女、歌舞伎役者をも「化物」とする（巻五の七）などさすがに辛辣で、異色の百物語と言えます。

③⑦⑧⑨⑯はいずれも改題本で、元禄期以降「百物語」を名乗ることが出版戦略的にも有効だったことが伺われますが、③以外は後述します。従来の「おどろおどろしき」百物語に異を唱える③『諸国新百物語』は西鶴と同時代の書肆に相応しく片袖伝説を逆手にとった詐欺（巻四の四）など怪異を相対化する視点も散見し、全二二話。

「色ふかうして、しかもあやしき」（序）ものを好む世情をうがつ④『好色百物語』の現存本は、巻一（五話）、巻四（九話）、巻五（五話）で合計一九話が残ります。女性の執心を中心に、人妻を犯す猿（巻一の五）、遊女の舌を喰い切る男（五の二）、絶倫の老人（同五）などが新聞記事風に記される好色味の強い作品。団水の子分格、鷺水の⑤『御伽百物語』は全二七話。多くを唐代『酉陽雑俎《ゆうようざつそ》』に拠りながらも、赤穂事件など最新のトピックを織り込むユニークな百物語で（藤川雅恵『御伽百物語』三弥井書店）、『諸国因果物語』『玉櫛笥《たまくしげ》』と併せ鷺水三部作とされます。

前述⑥『太平百物語』は全五〇話。作者は大坂の書肆（河内屋）、伴祐佐。「源平の昔物がたり」（序）に取材した彼の浮世草子『風流講《やさ》軍談』（享保一七年。一説には前年正月刊）は、人気浄瑠璃『鬼一法眼三略巻』（享保一六年九月上演）との前後関係が問題となっており、本書にも初期読本を先取りする「左訓」が多用されています。

「何が出るかわからない」「びっくり箱をひっくり返したような」（三田村鳶魚）、宝暦明和期（一七六四～七三）。それは出版を厳しく規制した八代将軍吉宗の時代が終わり、八文字屋本に代わって「百物語のよみ本」（太刀川清「宝暦・明和の百物語」『国語国文研究』四八号）などこれまでにない本やジャンルが数多く出来《しゅったい》した文学史の分岐点でもありました（飯倉洋一「「奇談」書を手がかりとする近世中期上方仮名読物史の構築」二〇〇七年三月）。

「猿の尻の真っ赤な虚誕」と自嘲する⑦『奇談百物語』は全一六話。談義本の祖とされる好阿は「やわやわとせざれば時にあわず」（巻四の一二）と平易を好む読者の嗜好を読み、今どきは孝子が存在すること自体が「怪」などと皮肉ります（巻一の三）。ちなみに両国の淡雪豆腐屋の隣人「山本某」（巻五の一六）を彼自身と見る説もあります。好阿には『怪談御伽童《わらわ》』（全一〇話。明和九年）もありますが、⑦よりも宗教臭が強く、最終話は純愛物語に変じています。「東都の隠士何某」の手になると明かす序文（『雨中の友』）を、旧友の許で語り明かしたものと改変し「百物語」を偽装した⑧『万世百物語』は全二〇話。鼬《いたち》、猫、狸、龍などの動物怪談に絵師や美少年の話も混じます。「あやしく不思議なる咄をこのむ」柳糸堂の序文を「人常《ひとつね》に見れば怪《あやしま》さる」と批判的に改変した「説山」の⑨『古今百物語』は、二四話。挿絵も稚拙で戦国武将の話が多いのですが、「一生金銀につかわれ」（巻一の五）る今どきの人々に言及する一方で龍宮の鯨退治（巻二の五）などファンタジックな話も混じています。荻田安静の仮名草子『宿直草』（全六七話）の中でも秀話の多い巻二～四を再編集したという（高田衛）⑯は未確認。もしその通りなら、全四二話。死体を踏んでまでも男の許に通う「肝ふとき」女性のメンタリティ（『宿直草』巻二の六）は男にとって永遠の謎ですね（同話は金沢版の百物語、堀麦水『三州奇談』巻二の一三「淫女渡水」にも再録されています。堤邦彦『江戸の怪異譚』）。

「妖怪のみにもかぎらず、仏神の霊験までも」（序）収めたという⑩『新説百物語』は、全五二話。遊女小紫が幼女に転生する一話（巻二の一〇）に代表されるシンプルな叙述は「百物語」が都市怪談へと変容して行く上で不可欠な要素でした。ちなみに巻三の十は『四谷雑談』（「四谷怪談」のモデルの二）に類似し、巻五の六は「二世の縁」（『春雨物語』）と同話で、村上春樹『騎士団長殺し』（新潮社・二〇一七年）とも無縁ではありません。諸国遍参の僧が語る「怪説」を川崎氏が書き留めたという⑫『近代百物語』は⑪『新選百物語』と同じ吉文字屋本で、全一二話。転生譚（巻一の二）、蘇生譚（同二）、狐（四話）、狸、猫、切株、付喪神《つくも》など中国種も遠景化され（高橋明彦）、恐怖を感じさせない新しいタイプの百物語。大坂の繁盛ぶり（巻三の一）への言及など、ここでの「近代」は「都市」と同義とも考えられます。対照的に土の臭いのする竹葉舎金瓶の⑬『怪談百物語』は全六巻の合巻で、別名「怪談春雨夜話」。老夫婦が那須野原辺で営む木賃宿に六十六部、順礼、談義僧、修験者、大道芝居の女形らが集い、「幽霊といふものは、存生のうちの心残り、又は恨《うらみ》の有《ある》につき、出《いづ》るもの」という視点で、継母に殺された惣領の祟りなどがおどろおどろしく描かれます。百物語を「人の心の譬《たとえ》をいふたもの」（上）と喝破し、「心の内のばけ物を去」（下）れと心学を勧める⑭『教訓百物語』。そして「払底成るものは野暮と変化《へんげ》」、「百物語の会合もこわいもの見」たさ（序）と、「白蔵主」から「舞首」まで四五の化物を絵入で説明する⑮『絵本百物語』などがあります。

他にも、北斎の「百物語」シリーズなど多くのものがありますが、ここでは触れません。最後に⑰『近世百物語』（写本。早稲田大学図書館本）について述べましょう。山崎美成の主人でもあった大草安房守が書き留めた天保から嘉永（一八三〇〜五四）の「奇事怪談」（巻一〇の一二）は全九九話。内容は鼠小僧（巻二の一）、与力の夫の「前の物」を切り取る江戸版の阿部定事件（巻二の五）、国定忠二（次）（巻四の六）と多彩で、市井のトピックを集めた「百物語」。ちなみに、根岸鎮衛《やすもり》『耳嚢』〔文化一一（一八一四）〕は九三五の異事奇聞を蒐集《しゅうしゅう》し（長谷川強『耳嚢』岩波文庫・一九九一年）、さながら江戸版の「千夜一夜物語」。

四　『新選百物語』の特質

私家版を除けば今回はじめての紹介になる『新選百物語』はラフカディオ・ハーンが架蔵していたこともあり著名ですが、百物語の系譜上どんな特質と魅力を有しているのでしょうか。冒頭は賑やかな大坂西高津の風景。紙鳶《いかのぼり》見物の折、狐に化かされる藤七。次は一転して哀話。粟田口で親友を待つ死霊。時代は戦国時代に飛び、作兵衛を三度も化かす狸の復讐（巻一）。梵字を刻す屍《しかばね》を抱き、亡妻の悋気を晴らす七右衛門の重さは草津のうばが餅の話題で和らぎ、子を食い殺した猫またを引き裂く官平（巻二）。盲人を殺し、金を奪った伝七への報い（彼の悪は『曾根崎心中』の九平次そのまま）。子を殺した古狐を夢で噛み殺す、狐より怖い玄順の妻。不義の手紙を回収する、愛らしいお園の幽霊（巻三。堤・コラム参照）。法師の首と対峙する、猟師の鉄砲。不義を暴露したと疑い下女を絞殺し、洪水で死ぬ主水の後家。人身御供を求める蟒蛇《うわばみ》の野望を挫《くじ》く鶴（巻四）。狐屋敷の髑髏《どくろ》の依頼で、敵を討つ武左衛門。二人の兄を井戸に転落死させた伝屍《でんし》病に抗し、生き延びた九兵衛。そして狐から横取りした雉《きじ》や鴨《かも》を食べたつもりが、村の長《おさ》の子の死体だったというカニバリズム的な話（巻五の三）。

全一六話（最終話は目録と挿絵のみ）。百には程遠く、特に目新しい話もありません。にもかかわらず、どこか蠱《こ》惑的で新しい印象を与えるのはなぜでしょうか。すべての答えはその語り口、叙述法にあります。「近代は小児五、六歳に袖をとめ、煙筒《きせる》をくはへ」。のっけから読者を混乱に陥《おとしい》れる警句風の起筆。百物語の不気味なイメージを一変させる都会的で明るい如上の世界は、「むかしは女のたばこのむ事遊女の多は怪我《けが》にも（全く）なかりし事なるに、今たばこのまぬ女と精進する出家は稀なり」（『世間娘気質』）巻一の二・享保二年（一七一七））と断じた八文字屋本の切り口と驚くほど一致しているのです。『浮世草子大事典』（笠間書院・二〇一七年）には立項されていませんが、使い古された怪異の定番（本書一九〇頁参照）を解体して「吉文字屋様式」（神谷勝弘）の挿絵を添えて今風に再構成した本書は八文字屋本の遺伝子を内包する新しいタイプの浮世草子なのかも知れません。巻三の三の冒頭部分が談義本の「時勢批判」を先取りしているという説（太刀川清）もありますが、逆に八文字屋本に内在していたものが顕在化したと考えることもできます。ともあれ、都市空間に再生された古民家が時に最新の建築物《ガラスビル》以上の輝きを放つように、古いものは驚くほど新鮮で底知れないパワーを秘めているのです。

本書は序を欠き、結末も不明です。ただ、もう「怪力乱神」を語ることの弁明はいりません。「処罰」で終わるという巻五の三の結末《ネタバラシ》（水谷不倒）も一度括弧に入れ、ジグソーパズルの空所にどんなピースが入り、巻五の四の挿絵はどんな物語に付随していたのかなど、あれこれ想像をめぐらしてみるのも楽しいですね。未完（欠落）というのは、無限ということの別名なのです。

ところで「百物語」はなぜ「百」なのでしょうか。理由は簡単です。そうした区切りをつけないと、咄は無限に増殖してしまうからなのです。

百物語は終わらない。

新選百物語——吉文字屋怪談本　翻刻・現代語訳◎目次

新選百物語——吉文字屋怪談本　翻刻・現代語訳◎目次

新選百物語

〈凡例〉

底本には富山大学附属図書館ヘルン文庫蔵本を用いた。翻刻の方針は左記の通りである。

一、本文の仮名遣いは底本のままとした。底本の状態により、不明の箇所は弘前市立弘前図書館本、無窮会専門図書館所蔵神習文庫本を参考にして補った。

一、丁付は第一丁表を（一オ）、第一丁裏を（一ウ）のように略記した。

一、読みやすさを考慮し、適宜改行して句読点を補った。会話に当たる部分にはカギ括弧、あるいは二重カギ括弧を付した。

一、漢字は、原則として現在通行の字体を用いた。ただし、近世当時において慣用と思われるものや特殊表記など、残したものもある。

一、「〳〵」、「〴〵」、「ゝ」、「ゞ」、ふりがな、仮名遣い、捨て仮名は原文のままとした。

一、衍字は、傍らに（ママ）と注記した。

一、判読不明部分は、□で示した。ただし、他の部分から推測できる場合は右傍らに（ヵ）として、その字句を示した。

一、挿絵は、底本の挿絵位置を翻刻中に示した。

一、本書は、本文、注、現代語訳、典拠・類話で構成している。注の内容は、読解に資することを心がけ、簡潔を旨とした。訳文は現代の日本語として不自然な印象を与える箇所は文脈にかなう範囲で意訳した。

付記　所収話中、今日の視点から人権上問題のある表現もあるが、資料的価値を考慮し、そのまま翻刻した。

一の巻目録

初段《しよだん》のしれぬ打僕《うちみ》の療治《りやうぢ》

三條通《てうどほ》り不測《ふしぎ》の出《で》会《あひ》

くりかえす狸汁《たぬきじる》の食傷《しよくしやう》

二の巻目録

嫉妬《しつと》にまさる梵字《ぼんじ》の功力《くりき》

鼠《ねずみ》にひとしき乳母《うば》の乳《ち》□(房カ)

三の巻目録

立帰《たちかへ》りしが因果《いんぐは》のはじま□(りカ)

女《をんな》の念力夢中《ねんりきむちう》の高 名《かうみやう》

四の巻目録

五の巻目録

新選百物語《しんせんひやくものがたり》巻一

○初段《しよだん》のしれぬ折傷《うちみ》の療治《りやうぢ》

*1物の名も所《ところ》によりてかはるがごとく、男女のすがたも時代《じだい》にて黒白《こく》*2のたがひあり。*3小児に振袖《ふり》を着せ、七八歳《さい》までは頭《かしら》を剃《そり》こぼし紙鳶《いかのぼり》*4を揚《あげ》させるは、皆盛陽《せいよう》*5の気を発せしめんが為なり。然《しか》るに近代《きん》は*6小児五六歳《さい》に袖をとめ、煙筒《きせる》をくはへ、*7黒ふすべの革《かは》たびに鷗尻《かもめじり》*8の石割雪駄《わりせつた》ふみならせば、六十歳《さい》の老人《らうしん》はこれに引かへ、*9あないち、ろくどう、紙鳶《いかのぼり》のたのしみ、如何様《いかさま》時の風俗《ぞく》ほどおかしきものはなきぞかし。

今《いま》はむかし、諸《しよ》*10国に紙鳶はやりて品《しな》をかへ手をつくし、我おとらじと（一オ）一興《けう》せり。爰《こゝ》に*11摂州西高津といふ所《ところ》、紙鳶《いかのぼり》をあぐるに至極《しごく》の場《ば》なりと毎日《まい》〳〵持来《もちきた》り、美《び》をつくしたる作《つく》*12り物、空《そら》に五色《しき》*13の花《はな》ふるごとく、皆人《みな》まなこをおどろかせり。折《をり》しも

1 **物の名も所によりてかはる**…諺。同じ物の名称も、場所が変わると違った名称になる。

2 **黒白のたがひ**…正反対。

3 **小児に振袖を**…振袖は男女とも一五、六歳までで、元服以前の者が着た。「頭を剃こぼし」とは子どもの毛髪を剃り落としていること。

4 **紙鳶**…玩具の一種。たこ。もと、その形がイカに似たものが多かったところから主に関西などでいった。『物類称呼』参照。

5 **盛陽の気**…陽気の盛なこと。

6 **小児五六歳に袖をとめ**…女子が成人に達し、または結婚すると、振袖をやめ留袖にした。

7 **黒ふすべの革たび**…ふすべ皮でしたてた足袋。

8 **鷗尻の石割雪駄**…石割雪駄はかかとの部分に鉄片を打ちつけた雪駄。鷗尻は鷗の尻の形をしたデザイン。

9 **あないち、ろくどう**…穴一も

六道も銭を投げて争う子どもの遊び。

10 諸国に紙鳶はやりて…『好色二代男』（貞享元年（一六八四）刊）巻七の三に「難波風の暮々烏賊幟のはやりて、さま〱の作り物雲にかけ」とある。

11 摂州西高津…現在の大阪府大阪市中央区。西成郡に属す。

12 作り物…紙鳶のこと。

13 五色…中国古代の五行説では青、黄、赤、白、黒の五種の色。

14 堺すじの本町…堺筋は、大阪市中央区の難波橋から日本橋まで。市の中心的な商業地区をなす船場・島之内の東部を走る。本町は問屋街であった。

15 水茶屋…路傍や寺社の境内などで、湯茶を飲ませて往来の人を休息させた店。色茶屋の対。

16 人だち…人だかり。

17 印文…入れ墨をすること。

18 唐犬額…（唐犬権兵衛が始めという）総髪の額の毛を広く、その角を錐のようにとがらせて大きく抜きあげた額。

堺《さかい》[14]すじの本町に、舩越《ふなこし》や藤七といへる人あり。町人なれども武《ぶ》芸《げい》をたしなみ血《けつ》気さかんの若者《わかもの》なりしが、ある日、西高津《にしかうづ》に行《ゆき》て紙鳶《いかのぼり》を見物し、水茶屋[15]に腰《こし》をかけ、懐《くわい》中より煙筒《きせる》取出《いだ》す其所《そのところ》へ南のかたに人だち[16]して「そりや喧嘩《けんくは》よ」といふほどこそあれ、上を下へと数十人印文《いれぼくろ》[17]の肩《かた》をまくり、唐犬額《とうけんびたゐ》[18]にしぼりの鬮巻耳《はちまきみゝ》かけて捻《ねぢ》はさみ、「其奴《そいつ》たゝめ、養生《ようじやう》させよ、踏《ふめ》よたゝけ」と罵《のゝし》り来《きた》るに、年の比三十四五の人と見へて（一ウ）悪《わる》びれぬ男つき廿三四の女を伴《ともな》ひ藤七が前《まへ》に来《きた》り。「是はふしぎに御意得《ぎよいえ》[19]ました。きのふは母《はゝ》が百ヶ日、今日《けふ》妹《いもと》を同道《どうぐ》いたし天王寺[20]へ参りし所、安井坂にて妹がつまづきてたふれけるを、これなる人々さま〱の悪口《わるくち》まじり妹に手《て》などかけるゆへ、見のがしてをきがたくひとつふたついひあひしが、今此しぎに及《およひ》しまゝ御《ご》挨拶《あいさつ》[21]下され」と頼《たの》みかけられ、藤七は終《つゐ》に見た事なき人なれども頼《たの》まれてはひかぬ男気《き》、「それは嘸《さぞ》〱御なんぎならん」と揉手《もみで》[22]ほや〱挨拶すれども一円《えん》に合点《がてん》せず。「其奴《そいつ》ともにこぼつて[23]しまへ」と松の木のごとき臂《うで》さしのべ、藤七が首筋掴《くびすじつかん》で引よする。

人々、「あはや」とみる所に（二オ）、大の男をひつくりかへし前《まへ》なる溝《みぞ》へ打こめば、残《のこ》る者ども二三人、「そりや打殺《ころ》せ」と、どつとよるを投込《なげこみ》うちつけ「サアござれ」と二人を肩《かた》に引かけて川ばたの軒《のき》づたひ[24]道頓堀《どうとんぼり》にはしり出《いで》、橋をわたりて[25]嶋のうち東《ひがし》をさして逃《にげ》のびければ、跡《あと》にはどや〱いふ声《こゑ》ばかり、追来《をひく》る人も見へざれば、いづれも安堵《と》し一息《いき》つぎ、藤七は小声《こごゑ》に成、「まづ以《もつ》ておの〱には何方《いづかた》の御人ぞ」と尋られて彼《かの》男頭《かしら》を地《ち》につけ両手をつき、「思召《おぼしめし》よらざるに最前《さいぜん》より御苦労《くらう》の御はたらき、御影《かけ》にて両人とも危《あやふき》所を相《あい》まぬかれ、[26]言語《ごんご》に絶《ぜつ》しかたじけなく、御礼は申つくされず。御身に疵《きづ》など付《つか》ざりしか」と前後《ご》によりてなで（二ウ）さすり、「扨《さて》、私《わたくし》共両人は[27]木津村に蟄居《ちつきよ》いたす藤浪《なみ》金吾と申もの、是《これ》なるは私の妻《さい》。不慮《ふりよ》の御苦労《くらう》かけ申も他生《たしやう》の縁《えん》とや申べき。貴《き》方《はう》様にはいづくの御かた、御名《な》はいかに」と問《とひ》かくれば、「私は堺《さかい》すじ本町辺《へん》に住居《すまゐ》いたす舩越《こし》や藤七と申者。ま

19 **御意得ました**…お目にかかりました。
20 **天王寺へ**…天王寺は大阪市天王寺区四天王寺。安井坂は、安井神社へ通じる坂か。
21 **挨拶**…とりもち。争いの仲裁。
22 **ほや〱**…顔をほころばせて笑うさま。
23 **こぼつ**…とりこわす。
24 **道頓堀**…現在の大阪市中央区の町名。道頓堀川の南岸。
25 **嶋のうち**…現在の大阪市中央区の南部の地域。北は長堀川、南は道頓堀川、東は東横堀川、西は西横堀川に囲まれる。
26 **言語に絶し**…言い表せないほど甚だしい。
27 **木津村**…現在の大阪市浪速区の一部と西成区の一部にあたる。今宮村の西側にある大村。

づは御ふたり恙なく何よりもつて大慶千万《たいけいせんばん》。さりながらあぶれもの共道すがら待《まち》うけ居《ゐる》かもしれず。これにて御わかれ申も気かゝり、御宿所《しゆくしよ》までおくり申さん。いざ御出」とありければ、藤浪金吾はきのどくがり、「ひらに御帰《かへ》り下《くだ》され」と辞退《じたい》すれども聞《きゝ》いれず。「しのこしては手前《てまへ》も残念《ざんねん》。御宿《やど》を見をき申為」と三人うち連《つれ》四方《よも》山はなし、程《ほど》なく木津におくりとゞけ（三オ）、帰《かへり》は藤七たゞ一人、*28千日寺《せんにちでら》を目《め》あてにあゆめば、むかふより十四五人どや〳〵とくる足音《をと》に、何事やらんと道《みち》をよくれは、其中《そのなか》に剃《そり》さげ男、藤七をきつと見て、「おのれ、最前意趣《さいぜんいしゆ》有奴《やつ》。忘《わす》れはせまい」といふを相図《あいづ》におつとりまき、蹴《け》たり踏《ふん》だりうちたゝく。

藤七も一生《しやう》なんぎの場《ば》なれば、命かぎりに働《はたら》けども、多勢《たせい》に無勢《ぶせい》の事なれば力《ちから》およばず見へし所に、いづくよりか来りけん。金吾は鎖《くさり》はち巻《まき》に*29鉄刀《じつて》引さげ会釈《えしやく》もなく、十四五人のもの共をめつた打に打はらひ、藤七を背《せな》に負《をひ》、わが宿《やど》に連《つれ》かへり、*30骨《ほね》つぎ方に人を走《はし》らせ、又踏《ふん》づ蹴《け》つたゝきつなでつ弥上《いやがうへ》なる療治《りやう》のつか

28 **千日寺**…大阪市中央区灘波にある浄土宗寺院法善寺の別称。

29 **鉄力**…十手。罪人を捕らえるのに使う短い鉄棒で、手もと近くに鉤がある。

30 **骨つぎ**…骨折・脱臼・打撲・捻挫の治療またはその療術者のこと。江戸時代中期からこれを専門にする者が出た。

れ、「それ女とも御茶上《あげ》ましや、（三ウ）［挿絵］おたばこ」と気を付ければ、内室《ぎ》は座敷《ざしき》へたち出て、「お夜食《やしよく》も追付《をつ》出来れど先《まづ》その間《あいだ》のおなぐさみ、*31赤《あか》のかちんでお茶あげましよ。酒《さゝ》あがるかはしらねども、有合せしを御馳走《ごちそう》にお気に入たら御遠慮《ゑんりよ》なう、先《まづ》おひとつ」と指出《さし》し、「おまへと*32手前の金吾どの、どふした互《たがゐ》の御《ご》縁《えん》やら今日《けふ》はじめておめにかゝり、から打とけしは不思議《ふしぎ》なこと。お帰りもまた気《き》づかひなれば今宵《こよひ》は爰《こゝ》におとめ申、夜《よ》あけてゆるりと帰《かへ》しません。お草臥《くたびれ》も休《やす》めたく、*33から風呂の加減《げん》もよし。いざ、まづお入あそばしませ。金吾どのもあいふろに」と猶《なを》*34へだてなくあしらへば、藤七も*35底意《そこい》なく、「扨《さて》〳〵御《ご》深志《しんし》忝《かたしけな》し。しからは（四オ）あい風呂《ふろ》御めんあれ、草臥《くたびれ》なをし」と打連入《うちつれいり》、*36吹つふかれつする所に、俄《にわか》に颯《さつ》与風吹《かぜふき》とふり、燈火《ともしび》うち消《け》し真《まつ》くらがり、鼻《はな》の下《した》を何《なに》かはしらず、摺木《すりこぎ》のふとき如《ごと》き毛《け》のあるものにて二三返《べん》なでまはし〳〵、人音《をと》もせず物すごし。

藤七やう〳〵心つき、あたりを見れば家もなく、*37初夜《しよや》の比《ころ》ぞ

31 **赤のかちん**…小豆餅をいう女房詞。赤きかちん。

32 **手前の金吾**…わたくしの夫の金吾。

33 **から風呂**…蒸風呂。

34 **へだてなく**…親身になって。

35 **底意なく**…うちとけて。

36 **吹つふかれつする**…背中をふいたり、ふかれたりする。

37 **初夜**…午後八時から九時頃。

と思《おも》ひしが、今耳《みゝ》もとに聞《きこ》ゆるは*38寒山寺《かんざんじ》のかねの音《をと》、夜《よ》もほの〳〵と明《あけ》かゝるに衣類《ゐるい》はあたりに引ちらし、大《おほい》なる古桶《ふるおけ》の泥《どろ》のつきしを引かづき、風呂《ふろ》ぞとおもひて丸はだか、何とやら*39そこ気味《きみ》あしく衣類《ゐるい》を着《き》るに着《き》られねば、ひとつにからげて頭《かしら》にいたゞき、*40越後獅子《ゑちごじし》の走《はし》るがごとく、道《みち》にて*41風呂屋に身を清め何くはぬ顔《かほ》つきにて（四ウ）宿《やど》に帰《かへ》れど胸《むね》はれねば、木津《きつ》村《むら》さして急行《いそぎゆき》、金吾かたに案内《あんない》すれは、金吾夫婦《ふうふ》は立出《たちいで》て、又あらためしきのふの礼《れい》。「先《まづ》おはいり」ともてなせども心《こゝろ》とけねば、「おいとま申さん。近日《きんじつ》お見廻《みまい》申さん」と立出しが、さるにても昨夜《さくや》くはせし小豆《あづき》餅《もち》、いかなるものにてありけるぞ、と思《おも》へば胸《むね》をかきさく心地《こゝち》。これは何所《どこ》から間違《まちがひ》し、と腰《こし》をぬかして帰《かへ》りける。

38 **寒山寺のかねの音**…寒山寺は大阪府箕面市箕面に所在。夜半を告げる寒山寺の鐘の音の意。『浪花のながめ』四（安永七年〔一七七八〕）には、「時の鐘をうつ寺」とある。

39 **そこ気味あしく**…ひどく気味が悪い。

40 **越後獅子**…越後国西蒲原郡、月潟地方から出る獅子舞。正月などに、子供が小さい獅子頭をかぶり、軽業をしながら、銭を請い歩く。

41 **道にて風呂屋に身を清め**…『新撰増補大坂大絵図』（元禄九年〔一六九六〕刊）には、生玉明神付近の大蓮寺（現在の大阪府大阪市天王寺区寺町）の向かいに「丁子風呂」と見える。
　また、『難波丸綱目』（延享五年〔一七四八〕刊）には風呂屋が十五軒以上ほど確認できる。

〔挿絵〕一―一―一

「おく山には山の神《かみ》有又山うば山おとこなとありて人をなやます」
「人のかよはぬ所へはゆかぬにしかじ」
「エ、むねん〳〵」

＊この挿絵は男たちが山姥に捕まえられている様子を描いているが、本書所収のどの話の内容にも一致しない。なぜここに挿入されたのかも不明。あるいは版木を流用したためか。

[挿絵] 一―一―二

「きつねわるものにばけけんくわをしかけうてだてする人をたぶらかす」
「きつねけんくわのあいてのふうふにばける」

＊喧嘩をしかけた男たちの着物から尾が見えている。肩捲した男は、腰から煙草入れを下げている。

「なんばしんちいかのぼりけんぶつ場所《ばしょ》」
「きづかいなされなてまへがうけとりました」
「何とぞ御あいさつなされて下されませ」

＊床几に腰をかけて煙管を持っているのは、船越屋藤七。隣にいる藤波金吾とその妻は、着物から尾が見える。

［挿絵］一―一―三

「けんくわのあいてをおつちらしちそうにあふ」

「御《ご》しゆ一つあげませう」

＊けんかの相手を追い散らした後、金吾の家で牡丹餅を御馳走になる藤七。夫婦の正体が現れている図。

〈現代語訳〉
初段《しよだん》のしれぬ折傷《うちみ》の療治《りやうぢ》

物の名もところによって変わるように、男女の姿も時代によって大きく変わる。子どもに振袖を着せて、七、八歳までは頭髪を剃り落とし、紙鳶（たこ）を揚げさせるのは、みな幼児の体にこもった熱を外に出すためである。けれども今は、五、六歳で（大人のように）袖の脇をふさぎ、煙管をくわえ、黒革の足袋をはき、（流行の）鷗尻の形の石割雪駄を踏み鳴らしている。これに引き換え、六十歳の老人は、子どもの遊びである穴一、ろくどう〔上図参照〕、紙鳶〔上図参照〕を楽しんでいる。まったく時代の流行ほどおもしろいものはないものだ。

今は昔、諸国に紙鳶が流行り、手を変え品を変え、競って趣向を凝らした。摂州西高津は紙鳶を揚げるのにうってつけの場所だと、

六道（ろくどう）
（『大和名所図会』より）

紙鳶（いかのぼり）
（『絵本故事談』巻の２［21］より）

人びとは毎日、美を尽くした紙鳶を持って来て揚げた。そのさまは空に五色の花が降るようで、見る者の目を驚かせた。

その頃、堺筋の本町に、船越屋藤七という者がいた。町人ではあるが武芸をたしなみ、血気盛んな若者であった。ある日、西高津へ行って紙鳶を見物し、水茶屋で腰をかけ、懐中より煙管を取出したところ、南の方に人だかりができて、「喧嘩だ」というやいなや大騒ぎになった。数十人のいれぼくろをした者たちが肩をまくり、唐犬額に、しぼりの鉢巻きを耳にかけてねじはさみ、「そいつをやっつけろ、寝込ませてしまえ、踏みつけろ、袋だたきにしてしまえ」とわめきちらしている。

そこへ、三十四、五歳ほどの落ち着いた男が、二十三、四歳の女を伴い、藤七の前にやって来た。「これは思いがけず、お会いできました。昨日は母の死後百日目で、今日は妹を同道して天王寺へお詣りしたところ、安井の坂で妹が転んでしまいました。それをここにいる人々がさまざまな悪口まじりに妹に手出しをしようとしたゆえ、見逃しておけず、一言二言、言いあいましたら、こうした有様に及んだ次第、仲裁をして下さいませ」と、藤七に頼みこむ。ついぞ見覚えのない人だけれども、藤七は頼まれては引けない性格もあって、「それは、さぞご難儀なことでしょう」と、愛想よくとりなしたけれども、相手はまったく納得しない。「そいつともどもボコボコにしてしまえ」と松の木のようなたくましい腕を伸ばし、藤七の首筋をつかんで引き寄せる。あわやと見えた時、大の男をひっくり返し、前にある溝にたたき込むと、残りの者たち二、三人が、「そりゃぶち殺せ」と、どっと寄るのを投げ込みうちつけ、「さあ行こう」と、二人を肩に引っかけて川端の軒づたいに道頓堀に走り出て橋を渡り、島之内を東をさして逃げのびた。あとにはどやどやという声ばかり。

追って来る人が見えないため、みな安心して一息ついた。藤七が小声で「まずはさておき、あなたがたはどなたですか」と尋ねると、男は土下座して、「思いがけず、先ほどから御苦労をおかけし、ご尽力のおかげで危ないところをのがれることができました。言い表せないほど忝く、御礼の言葉もありません。お怪我はありませんでしたか」と前後によってなでさすり、「私たちは木津村に蟄居しております藤浪金吾と申す者で、ここにいるのは妻です。あなたへ不慮の御苦労をおかけしたのも他生の縁と申しましょう。あなたは、どこのお方でお名前はなんと申しますか」と尋ねる。

「私は堺筋本町あたりに住む舩越屋藤七と申します。まずはお二人に何事もなくうれしいかぎりです。とはいえ、ならず者どもが道の途中で待ちうけているかもしれず、ここで別れるのは気がかりですので、お宅までお送りしましょう」と言うので、藤浪金吾は申し訳なく思い「どうかお帰り下され」と辞退したけれども籐七は聞き入れない。「途中で帰っては、自分も心残り、お宅を見ておくため」と三人連れ立ち雑談をしながら、ほどなく木津村に送り届けた。

帰りは藤七ただ一人、千日寺を目印に歩いて行くと、向うから十四、五人がどやどやと来る足音がし、何事だろうと道をよけると、大勢の中にいた剃り下げ男が、藤七をきっと見て、「お前は先ほどの恨みがある奴、忘れはしない」と言うのを合図に取り巻き、蹴ったり踏んだりうちたたく。藤七も一生に一度の難儀の時なので、懸命に立ち向かったけれども、多勢に無勢で、かなわないと思ったところへ、どこから来たのか、金吾が鎖鉢巻きに十手を引っ下げ、遠慮会釈もなく十四、五人の者どもをめった打ちに打ちはらい、藤七を背負って自分の家に連れ帰った。

（家に着くと）金吾は、使いを出して接骨医を呼んだ。藤七はもう一度、踏んだり蹴ったり叩いたり撫でたりと按摩を施された。大勢を相手に大立ち回りのあげく、なおその上の荒療治で疲れていると、金吾が「それ女どもお茶をお出しして、お煙草も」と気を配る。内儀が奥から出て来て、「お食事も後からできますが、まずその間のおなぐさみに、小豆餅でお茶でもどうぞ。酒をお飲みになるかは知らないけれども、ありあわせの御馳走がお気に召したらご遠慮なく、まずおひとつどうぞ」と、さし出す。

「あなたと私の夫の金吾殿がどうしたことか、互いの御縁とやらで今日はじめてお目にかかり、こうしてうちとけたのは不思議なことです。お帰りもまた気がかりなので、今宵はここにお泊め申し上げ、夜が明けてからゆっくりとお帰しいたしましょう。疲れたお体もお休めしたく、むし風呂の加減もちょうどよい。さあ、まずお入りになってください、金吾殿も一緒に」と、なお親しげにもてなすので、藤七もうちとけて、「さてさて、ご深志のほど、かたじけない。それでは一緒に風呂に入らせてもらいます。疲れをとろう」と（金吾と）連れだち、背中をふいたりふかれたりしていると、急にさっと風が吹きぬけ、灯りを打ち消し真っ暗がりの中で、鼻の下を何かわからないが、すりこ木を太くしたような毛のあるもので二、三回なでまわされた。人の気配が消えて、ゾッとした。

藤七はようやく正気づき、あたりを見ると家もなく、夜の八時頃だと思っていたが、今耳元に寒山寺の鐘の音が聞こえ、夜もほのぼのと明けかかる。衣類はあたりにぬぎ散らかし大きな古桶に泥の付

越後獅
（『絵本御伽品鏡』より）

いたものを頭からかぶり、風呂と思って丸裸でいた。なんだかわからないが、ひどく気味悪く、（汚れていて）衣類も着るに着られないので、一つにくくって頭にのせ、越後獅子〔上図参照〕の走るように道の途中の風呂屋に飛び込み、身を清めて何食わぬ顔で帰宅したけれど、すっきりした気分にならないので、急いで木津村に立ち戻ってみた。金吾の家の者に挨拶すると、金吾夫婦が現れて、あらためて昨日の礼を言い、「どうぞお入りください」ともてなすけれども疑念が晴れないので、「おいとまします、近いうちにうかがいましょう」と立ち出た。それにしても、昨日食べた小豆餅はなんであったのか、考えるほどに悩ましい。いったい、どの時点からだまされていたのかと、腰を抜かして帰った。

〈類話〉

＊『奇談雑史』〔安政三年（一八五六）〕巻八の八「侠客平蔵野狐に誑さるゝ事」（『奇談雑史』宮負定雄著、佐藤正英・武田由紀子校訂・注、筑摩書房、二〇一〇年）

○*1三条通《でうどほ》りふしぎの出会《てあひ》

*2会《あふ》は離《わかれ》と見る時は、何をか悦《よろこ》び何をか患《うれへ》ん。

今はむかし、*3京都四条西《にし》の洞院辺《とういんへん》に、万屋久左衛門といふもの、*4旅《たび》かけの商《あきな》ひして*5伊賀伊勢《いがいせ》などへ行《ゆき》かよひしが、其隣《そのとなり》に文治《ぶんじ》といふ浪人《らうにん》あり（五オ）て鍼按摩《はりあんま》など家業《かげう》とせり。

久左衛門文治はいかなる*6宿縁《しゆくえん》にやありけん、常《つね》に兄弟《きやうたい》のごとき交《まじは》りにて、久左衛門旅《たび》へゆけは*7粟田口《あはたくち》まで見おくり、又久左衛門が帰《かへ》る時は早速《さつそく》文治かたへおとづれ、文治も取《とり》あへず来《きた》りて無事《ぶじ》を問《と》ひ、久左衛門京都《きやうと》に居時《をるとき》はひまさへあれは、たかひに片《へん》時《し》もはなれず、物《もの》がたりして、そも幾年《いくとし》か交《まし》はれども、一度《ど》も不《ふ》和《わ》といふ事《こと》なし。

或《ある》とき、両人はなしの次《ついで》に、文治いひけるは、「かくのごとく

1　**三条通り**…京都府京都市中京区。京の町の中心の東西の通り。三条通を東へ鴨川を渡って行くと、俗に京の七口とよばれる都への入口の一つ粟田口に通じる。

2　**会は離**…諺。（「白氏文集・巻一四」の「合者離之始、楽兮憂所伏」から出たもの）会った後には別れの時が来る、会ったものとは必ずいつか別れるものだの意。人生の無常を説いたことわざ。

3　**京都四条西の洞院辺**…京都市の南北に通じる通りの一つ。烏丸通の西方、堀川通の東方にある。

4　**旅かけの商ひ**…行商。小間物などを扱う。

5　**伊賀伊勢**…伊賀は三重県北西部、伊勢は三重県南東部に位置する。

6　**宿縁**…仏語。前世からの因縁。運命。宿因。

7　**粟田口**…京都市東山区粟田口。

京都への出入口。京中より三条通りを経由して大津へ抜ける。

8 **我ら**…一人称単数に用いる。わたくし。

9 **首途**…わが家を出発して旅立つこと。

10 **勢州**…伊勢国の別称。

むつまじく其《その》もと旅《たび》へゆきたまへば、翌日《よくじつ》よりはや御帰《かへ》りを待《まち》かぬるなど、いかさまふしぎの事かな」と有《あり》ければ、久左衛門も手《て》を打《うつ》て、「扨《さて》はさやうに思召《おぼしめす》か。*8我《われ》らも伊勢《いせ》へかよふごとにいつにても*9首途《かどいで》には粟田口《あはたぐち》迄《まで》おくり（五ウ）給《たま》ふいかばかり嬉《うれ》しけれども、御わかれと成なん事、又何《なに》ほどかなげかしければ、重《かさね》て御おくりを止《やめ》させ給へと存《ぞん》せし所、唯今《たゞいま》の御言葉《ことば》、人は万物《ばんもつ》の長《ちやう》といへどもまた愚《おろか》なる事も有《あり》。かくのごときの交《まじは》りなれども、いつぞには二人の内是非《ぜひ》一人は先《さき》たつべし。其時《そのとき》はいかゞすべき」と尋《たづ》ぬれば、文治もともに打笑《うちわら》ひ、「魂《たましゐ》あらば再《ふたゝび》あふべし。たとへ地獄《ぢごく》に堕入《をちいり》ていかなる責《せめ》にあふ中《うち》にも、少《すこ》しのいとまはあるへし」など毎日《まいにち》かたり戯《たは》ふれて、なを念比《ねんごろ》は弥増《いやまし》ぬ。

其後《そのゝち》ほどへて久左衛門また*10勢州《せいしう》に行《ゆき》けるが、折《をり》ふし文治は病気《びやうき》なれば見舞《みまひ》ながらのいとまごひ、久左衛門は枕《まくら》に近《ちか》づき、「又明日《みやうにち》は勢州くだり近日《きんじつ》まかり帰《かへ》るべし。当分《とうぶん》（六オ）のことなから随分養生《ずいぶんようじやう》し給へ」と懐《ふところ》より菓子《くわし》など出《いだ》しあたふれは、文治悦《よろこ》び枕《まくら》をあげ、「此度《このたび》もいつものごとく粟田口《あはたぐち》迄参《までまい》らんと此ほどまでも楽《たのし》みしが、口惜《くちをし》や。*11瘧《をこり》のやうに頭痛《づつう》もつよく寒気《さむけ》あれば座《ざ》する事もなりがたし。此度はゆるしたまへ。先日《せんじつ》も申せし通《とほ》り、たとへ死《しん》でも再会《さいくはい》すべし」と*12おどけ交《まじ》りの長《なが》ばなし、夜《よ》もふけ行《ゆけ》ば久左衛門などりをしげに立帰《たちかへ》り、未明《みめい》に旅路《たびぢ》におもむきけるが、勢州《せいしう》にて商《あきな》ひ事いとまなき其中《そのなか》にも文治が事のみ思《おも》ひ暮《くら》し、病気《びやうき》はいかゞと心《こゝろ》にかゝれは、廿日ばかりの逗留《とうりう》にていそがぬ事はそこ〱に、あらましにして帰《かへ》りしが、*13大津《おほつ》の商ひ*14隙《ひま》どりて（六ウ）

［挿絵］*15亥《ゐ》の刻過《こくすぎ》にうと〱と粟田口《あはたぐち》にさしかゝれば、むかふより弱《よは》〱と杖《つゑ》にすがりて来《きた》る人はたしかに文治、「*16はれ、合点《がてん》の行《ゆか》ぬ事」と挑燈取《ちやうちんとつ》てよく〱見れば、まがふかたなき文治なれば、傍《そば》に立《たち》より袂《たもと》をひかへ、「文治にてはましまさずや、夜《よ》にいりて只《たゞ》ひとりいづかたへ行《ゆき》給ふぞ。見れば病後《びやうご》の痩《やせ》も有《あり》、まづ御病気《びやうき》はいかゞぞ」と尋《たづ》ぬれば、「是《これ》は〱御息才《そくさい》にて御帰《かへ》り、何《なに》よりもつて大慶《たいけい》〱。我志《わがこゝろざし》とゞきてや、爰《こゝ》にてお目《め》にかゝりし事よ。

11 **瘧**…間欠熱の一種。悪寒、発熱が、隔日または毎日時を定めておこる病気。マラリア性の熱病。

12 **おどけ交り**…こっけいな物言いやしぐさをまじえること。また、そのさま。

13 **大津**…現在の滋賀県大津市。東海道の一駅。

14 **隙どりて**…時間がかかって。てまどって。

15 **亥の刻過**…夜の十時すぎ。

16 **はれ**…あきれたり、感嘆したり、危惧したりする時に発することば。

我《われ》ら病気《びやうき》その後《のち》はよほどの*17悩《なや》み。さりながら彼是《かれこれ》と養生《ようしやう》いたし、かく迄達者《までたつしや》になりしゆへ、今日《けふ》は必《かなら》ずお帰《かへ》りと、これ迄むかひに参《まい》りたり」と衰《おとろ》へ果《はて》し声《こは》いろに（七オ）久左衛門はきのとくがり、「御深切《しんせつ》は限《かぎ》りなく忝《かたじけなく》　は存《ぞん》すれども夫《それ》はどふした御不養生《ふようじやう》」と しかれば、文治は、「さればとよ、病後《びやうご》ゆへにや。待《まち》かねて杖《つゑ》にすがりて参《まい》りしぞ。*18いざゝせ給へ」とうち連《つれ》だち四条辺迄《へんまで》来りしが、久左衛門を引とゞめ、「*19麩《ふ》屋町辺に用事《ようじ》あれば、我らは跡《あと》より帰《かへ》るべし。先《まづ》〳〵さきへ帰られよ」とおの〳〵左右《さゆう》へ引わかれ、久左衛門は我家《わがや》に帰れば、両親《ふたおや》は立出《たちいで》て一通《ひととほ》りの挨拶《あいさつ》おはれば、父《ちゝ》久兵衛は大息《おほいき》つぎ、「いふもうるさし、いはねはならず。聞《きゝ》なば嘸《さぞ》やおどろかれん」と*20しほれ入たる顔《がん》しよくに、久左衛門はいぶかしく、「何らの事の候や。早《はや》く仰《おゝせ》せきかされよ」とあせれは、両親こと葉《は》を揃《そろ》へ「所詮《しよせん》かなはぬ事なれば（七ウ）、ゆるりとかたり申べし」といふほど、*21一円《えん》のみこまねどいそがぬ事と見へたれば、久左衛門は父《ちゝ》にむかひ、「先《さき》ほど夜《よ》に入《いり》、挑燈《ちやうちん》にて粟田口《あはたくち》

17 悩み…病気を煩う。

18 いざゝせ給へ…さあ行きましょう。

19 麩屋町…京都市南北の通り。御幸町通の西に位置する。粟田口から約三キロ程度。

20 しほれ入たる…すっかり消沈した。

21 一円…少しも。

を帰《かへ》りしに、隣《となり》の文治痩《やせ》おとろえ、よは〳〵として杖《つゑ》にすがり、私《わたくし》をむかひにとて、*22ひの岡《おか》にて行《ゆき》あひしが、つね〳〵の懇意《こんい》なれば彼《かの》人は参《まい》らるべきが、病後《びやうご》の人の遠歩行《とをありき》、御さし留《とゞめ》もなされぬ事、御老人《らうじん》には似合《にあい》ませぬ。私の気《き》のどくさ思召《おぼしめし》やらせられよ。それより連《つれ》だち帰《かへ》りしか、文治には用事《ようし》ありて麩屋町《ふやまち》へ立《たち》よられし」と苦《にが》〳〵しげにいひければ、両親《ふたおや》はたがひに顔見《かほみ》あはせ、あきれて言葉《ことば》もなかりしが、しばらくあり（八オ）て父久兵衛不審《ふしん》なる顔付《かほつき》にて、「久左衛門かはなしの様子《ようす》何《なに》をいふやも跡《あと》さきなし。道中《とうちう》のつかれが出たか又は*23時疫《じえき》の病《やみ》つきならん。医師衆《いししう》へいひつかはし、はやく薬《くすり》を用《もちゐ》べし。ちと寝《ね》て休《やす》めや」と取《とり》あはねば、久左衛門大におどろき、「私全《わたくしまつた》く病気《びやうき》は勿論《もちろん》、旅《たび》づかれなどすこしもなし。何とやらんいぶかしき御言葉《ことば》御しかた」と*24色《いろ》を正《たゞ》して問《と》ひかくれば、両親《ふたおや》はことばを揃《そろ》へ、「先《さき》ほど其方《そのほう》はなしには、文治との、ひの岡《おか》へ出《で》むかはれて四条まで同道《どう〳〵》ありし物《もの》がたり、すこしも有《ある》べき事にあらす。又此方《このほう》ども申せしはその方《ほう》に聞《きか》せな

22 **ひの岡**…現在の京都市山科区の地名。粟田口の東。東国から京へ入る時の東海道最後の登り道。

23 **時疫**…流行病。はやりやまい。

24 **色を正して**…真面目な顔で。

25 **つど〳〵**…一つ一つくわしく。

26 **狐の見入**…狐がとりつくこと。

27 **絶入**…生気を失って、気絶する。

ば驚《おどろ》かれんといひたるも文治とのの事（八ウ）ぞかし。其方《そのほう》すぎつる旅行《たびゆき》に、彼人びやうきといふにもあらず。風の心地《こゝち》とありけるが、次第《しだい》に重る病ひのとこ、われ〳〵夫婦《ふうふ》を呼《よ》びに来る。何事やらんと行けるが、最早《もはや》いのちも是までなり、今此場《いまこのば》にて御子息《しそく》へおめにかゝらず死《し》する事、これ第一のなげきなり。つど〳〵*25には申されず、心の中押《をし》はかられ、呉《くれ》〳〵宜《よろ》しくつたへてたべと涙ながらにたのまれしが、今日昼まへに往生《わうじやう》せられ、暮《くれ》かたに葬送《さう〳〵》ありし。しかるに文治出《で》むかはれ、四条辺《へん》まで同道《どう〳〵》とは扨《さて》は其方乱心《そのほうらんしん》か、又は狐*26の見入かと薬よ医者《いしや》よといひけるが、今《いま》その方《ほう》が様子《やうす》をみれば狂（九オ）気《き》てもなし。気もみだれず、いかなる事ぞ」と尋ぬれば、久左衛門は「はつ」と計正気《ばかりしやうき》なければ、両親《ふたおや》あはて水《みづ》をそゝき、薬を用ひ、やう〳〵と蘇生《よみがへ》れば、久左衛門なみだを流《なが》し、「文治死《し》しても魂《たましゐ》とゞまり、朋友《ほうゆう》の信《まこと》をたがへず、ふたゝび我にまみへしか」と又絶入*27《たへいり》しを薬をあたへ廿日あまりに本快《ほんぶく》すれば、文治が墓所《はか》へ参詣《さんけい》して、「われ父母《ふぼ》あれば剃髪《ていはつ》して貴霊《きれい》の跡も弔《とふら》ひかたし。娑婆《しやは》[28]に残《のこ》りし御両親《りやうしん》、さぞ御心にかゝるへし。我これよりは貴霊《きれい》にかはり、御両親を養育すべし」と墓《はか》にむかひて誓《ちかひ》をなし、それより後《のち》は文治が父母親同前《おやとうぜん》に養ひて、死《し》して（九ウ）［挿絵］て跡《（ママ）あと》の葬送《さうく》まで滞《とゞこほ》る所《ところ》なく、のこりし衣類諸器物《ゐるいしよどうぐ》は文治が姉《あね》につかはしぬ。いかさま深《ふか》き因縁《いんえん》と今《いま》に至《いた》りていひつたふ。

28　娑婆…現世。

［挿絵］一―二

「無二《むに》にかたりあふとも壱人が長旅《ながたび》のるすに死《し》してかへるさのみちにゆうれいとなりものかたりする」
「人はまことよりかゝるふしぎも有なり」
「こなたは御《ご》びやうきにこさつた」「もはや御くわいきか」

＊右は旅帰りの久左衛門。左は杖をついて出迎える文治。すでに亡くなっているためか、文治の足が描かれていない。

〈現代語訳〉

三条通《でうどほ》りふしぎの出会《てあひ》

出会いと別れは同じという見地に立てば、何を悦び何を愁うのだろうか。

今は昔、京都四条西の洞院付近に、伊賀伊勢などへの行商を営む万屋久左衛門という者がいた。その隣に、針按摩などを家業とする文治という浪人がいた。いかなる宿縁なのか、久左衛門と文治は常に兄弟のように親しくつきあい、久左衛門が旅へ行く時は文治が粟田口まで見送り、また久左衛門も京に帰るとすぐに文治を訪ねていた。文治も何をおいても訪ね来て、無事を喜んだ。久左衛門が京都にいる時には暇さえあれば互いに少しの間も離れず語り合った。それも幾年つきあっても一度も不和ということはなかった。

あるとき、話のついでに文治が言った。「このように仲睦まじく、あなたが旅へ行きなさると、翌日より早くお帰りにならないかと待ちわびているのは、ほんとうに不思議なことだな」。久左衛門も手を打って、「さては、あなたもそのように思っていらっしゃったのか。私は伊勢へ出向くたびにいつも、旅立つ時に粟田口までお送りくださるのはどれほどか嬉しいけれども、別れがまたどれほどか嘆かわしく思っているので、今後は見送りをおやめいただきたいと思っていたところでした。唯今のお言葉を考えてみると、人間は万物の霊長であるといっても、また愚かなものでもあるのだなあ。このような親しいつきあいだけれども、いつか二人のうち、必ず一人は先に死ぬだろう。その時はどのようにしたらいいだろうか」と尋ねると、文治もともに笑い、「魂があるならば再び会うことができるだろう。たとえ、地獄に堕ちてどんな責苦にあおうとも、あなたに会いに行くひまくらいあるだろう」などと、毎日語りあってたわむれ、引き続き仲睦まじさは増していった。

その後、月日が経ち、久左衛門がまた伊勢に行くことになったが、ちょうど文治が病気なので、その見舞いをかねて別れの挨拶に行った。久左衛門は枕に近づき、「また明日は伊勢に下り、近いうちに帰ってきます。ここしばらくはよく養生なさってください」と懐より菓子などを出して渡すと、文治は悦び、床から起き上がり、「このたびはいつものように粟田口まで送ろうと、とても楽しみにしていたが、残念だ。瘧のように頭痛がひどく寒気がするので座っているだけでも難儀だ。今回は勘弁してください。先日も話した通り、たとえ死んでも再会するだろう」と冗談まじりの長話をし、夜もふけたので、久左衛門は名残惜しげに立ち退き、明け方に旅路へ赴いたが、伊勢での商売が忙しい中でも文治のことばかりを思って過ごし、病気はどのような状態だろうかと心配で気にかかる。二十日の滞在で、急ぎでないことは適当にして帰ってきたが、大津での仕事に時間がかかって、夜の十時過ぎに、ようやく粟田口にさしかかった。

すると、向こうより弱々しく杖にすがって来る人がいた。それは間違いなく文治だった。「はあ、合点の行かぬこと」と提灯の明かりでよくよく見ると、まぎれもなく文治なので、かたわらに立ち寄り袖を引き、「文治ではありませんか。夜に只一人、どちらへ行きなさるのか。よく見ると、病後のせいで痩せている様子。まずお加減はいかがですか」と尋ねたところ、「これはこれはご無事でのお帰り、何よりめでたい、めでたい。私の思いが届いたのでしょうか。私の病気はその後、ずいぶんと悩まされました。しかしながら、あれこれと養生いたし、これほどまで元気になったので、あなたがきっと、今日は必ずお帰りなさるということなので、迎えに参った」と衰えた声で語った。

それを聞くと、久左衛門は心を痛め、「ご親切はこの上なくありがたく思いますが、なんというご不養生か」と叱ると、文治は、「そうだな、病後のためだからこうなのか、あなたを待ちかねてようやく杖にすがって参りました。さあ行きましょう」と連れ立って四条辺りまで来たが、久左衛門を引きとどめ、「麩屋町あたりに用事があるので、私は後から帰ります。まず先に帰ってください」とそれぞれ左右に引きわかれた。

久左衛門は我が家に帰ると、両親が出てきて、いつもと変わらぬ挨拶が終わったあと、父久兵衛は大きく息をつき、「言うのは嫌だが言わねばならない。聞いたらさぞ驚くだろう」と、消沈した顔色。久左衛門は不審に思って、「何が起きたのですか、早くおっしゃってください」と気をもむと両親は言葉をそろえ、「所詮かなわないことなのでゆっくりと語ろう」と言うだけで、いっこうに呑み込めないけれども急用ではない様子。久左衛門は父に向って、「先ほど、夜に提灯をもって粟田口を帰ってきたが、隣の文治がやせ衰え弱々しく杖にすがり、私を迎えに来たといって、日ノ岡で行き会った。ふだんから親しくしているので、参られたに違いないが、病後の人の遠出はお控えなさらないといけないし、ご老人には適していないことです。私の心の痛みをお考えになってほしい。それから連れだって帰ったが、文治には用事があって、麩屋町へ立ち寄られた」と苦々しげに言ったところ、両親は互いに顔を見合わせ、呆然として言葉もでなかった。

しばらくして父久兵衛が不審な顔つきで、久左衛門の話に対して、「何を言うやら、つじつまの合わないことを言って、道中の疲れが出たか、または流行病にかかったのだろう。医者たちへ伝えて早く薬を飲むがよい。早く寝て休め」と取り合わないので、久左衛門は大いに驚き、「私はまったく病気ではありません。もちろん、旅の疲れなどありません。何やらよくわからないお言葉の言いようですね」と真剣に問いただしたところ、両親は言葉をそろえて、「先ほどのそなたの話では、文治殿が日ノ岡へ出迎えられて四条まで同道したとのことだが、そのようなことは絶対にない。先ほど私たちが申した、そなたに聞かせたならば驚かれるだろうといったのも文治殿のことだ。そなたが、以前旅に行ったとき、文治は病気というわけでもなく、風邪の様子だったが、次第に病が重くなってわれわれ夫婦を呼びに来た。何事だろうと行ってみると、もはや命もこれまで、今この場でご子息にお目にかからずに死んでしまうことは第一の嘆きであるけれども、こまごまとは申されず、心の中を推しはかって、くれぐれもよろしくお伝えください、と涙ながらに頼まれた。そして今日の昼前に往生されたので、暮れ方に葬式をした。だから、文治が出迎えて四条辺りまで同道したとは、気でも狂ったか、または狐がとりついたかと思って、薬よ医者よと言ったが、今そなたの様子を見ると気も確かなようだ。いったいどうしたことだろう」と聞かされて久左衛門は「はっ」と驚き、気を失ったので、両親は慌てて水を注ぎ、薬を飲ませたところ、ようやく息を吹き返した。

久左衛門は涙を流し、「文治は死んでも魂がとどまり、朋友のまことをたがえず再び会いに来てくれたのか」と言って、再び気を失ったので、薬を与え二十日ほどすると本復した。
その後、文治の墓所へ参詣して、「私には父母がいるので剃髪して貴霊の跡を弔うことはできない。この世に残ったあなたのご両親のことがさぞお気にかかるでしょう。私はこれより、貴霊のかわりにご両親を養いましょう」と墓に向かって誓いをたてた。それよりのちは文治の父母を親同然に養い、死んだ後も葬式まで滞ることなく弔った。また、残った衣類や諸道具は文治の姉に遣わした。どのような深い因縁かと今になっても言い伝えられている。

〈類話〉
＊『続百物語集成』（叢書江戸文庫・二十七巻・月報・一九九三年九月）の「吉文字屋百物語集と寶暦明和」の中で、高橋明彦氏は、本話は、「菊花の約」（『雨月物語』〔安永五年（一七七六）〕）、およびその典拠「范巨卿黍死生交」の類話と指摘。

○くりかえす*1狸汁《たぬきじる》の食傷《しよくしやう》

今《いま》は昔《むかし》、*2武田信玄公《たけだしんげんこう》と上杉謙信公《うへすぎけんしんこう》と一*3とせ御和睦相《わぼくあい》とゝのひ、御両将《りやうしやう》御国《くに》さかひに御出馬《しゆつば》なされ御対面有《たいめんある》べしとて、両国《りやうごく》の用意《ようい》おびたゝしく、道中所《どうちうしよ》〳〵御しそく*4をくばり、奉行《ぶぎやう》をつけて、掃除《さうじ》をさせける。謙信《けんしん》公の農民《ひやくしやう》*5 作兵衛といふものあり。掃除の人夫《にんぶ》にさゝ*6れて毎日《まいにち》役をつとめける。

或日《あるひ》、作兵衛役《やく》に出《いで》ける道《みち》にて岩根《いわね》に茅《かや》の（十オ）生《をひ》たる所《ところ》を見ければ、狸《たぬき》一疋臥《ひきふし》けるが、作兵衛おかしく、「いざ打《うち》ころして汁にせん」とて、あたりにありし石を取《とり》て、たゝ一打《ひとうち》にと投《なげ》付しに、誤《あやま》つて傍《そば》なる岩《いは》にあたりければ、狸《たぬき》は此音《このをと》におどろきて起《おき》あがり四方《しほう》を見けるを、「のがさじものを」と又石取《いしとつ》て投《なげ》つくれば、かいくゞり逃《にげ》ゆくを、「おのれ生《いけ》てはをくまじ」と跡《あと》をしたふて

1 **狸汁**…狸の肉を大根、牛蒡などと味噌で煮た汁。*料理物語（一六四三）九「狸汁。野はしりは皮をはぐ、みたぬきは、やきつぎよし、味噌汁にて仕立て候、妻は大こん・ごばう其外色々、すい口にんにく、だし酒塩」

2 **武田信玄公と上杉謙信公**…いずれも戦国・織豊時代の武将。武田信玄は甲斐（山梨県）の国主。上杉謙信は越後（新潟県）の守護代、春日山城主。信玄と謙信の川中島の戦いは有名。

3 **一とせ**…『新武者物語』（宝永六年（一七〇九））巻第六の一「信玄与二謙信一和睦不調の事」によれば、「永禄元年に至て、謙信より手を入て申こさるゝは、〈略〉所詮信玄と面談をとげ無事に仕らん。然らば筑摩川を隔て互に礼義をとゝのへんと申こさるゝにつき、和睦成て、五月十五日騎馬五騎づゝ互に召連、川端まで乗よせ色代及ばんとす」と記す。

追懸《をつかく》る。

狸《たぬき》は「すがたを隠さん」と*7藪 角《やぶかど》を横《よこ》にきれ、命《いのち》を限《かき》りと逃《にげ》たる所《ところ》に、作兵衛は手《て》に入《いり》し狸《たぬき》をとらぬ残念《ざんねん》さに持《もち》たる石《いし》を藪《やぶ》ごしに投付《なげつけ》しが、「誰《たれ》かはしらず、何奴《なにやつ》なれは狼藉千万《らうぜきせんばん》。それくゝれよ、捕《とら》へよ」と、農民《ひやくしやう》まじりに大勢引《おほぜいひき》つれ、柄《つか》に（十ウ）手《て》をかけ出来《いでく》るは、謙信公《けんしんこう》の*8掃除奉行泥口団兵衛《さうしふきやうどろくちだん》。鬢《びん》さきより頬骨《ほうぼね》まで、礫《つぶて》の石《いし》に打《うち》やぶられ朱《あけ》に成《なつ》て大《おほい》にいかり、「悪《にく》き土民《どみん》め。誰《たれ》にたのまれ武士《ぶし》の面《おもて》に疵《きづ》をつけし。*9水《みづ》をくれて白状《はくじやう》させ、其《その》うへにて首《くび》をはね、寸々《ずたくく》にいたせよ」と物《もの》をもいはせず、梯子《はしご》にくゝり、柄杓《ししやく》を取《とつ》て、自身《じしん》の水責《みづせめ》。何《なに》とぞ苦痛《くつう》を遁《のが》れんといひわけしても聞《きか》ばこそ。「所詮《しよせん》、こいつ赦《ゆる》されず。あの山際《やまぎわ》に連行《つれゆき》て首討《くびうち》おとせ」と下知《げち》するにぞ、一言《いちごん》いさむる者《もの》もなく縄《なは》をかけて引出《ひきいだ》す。

作兵衛は是非《ぜひ》なき最期《さいご》、「妻子《さいし》が死後《しご》にやうすをきかば、嘸《さぞ》や歎《なげ》かん。痛《いた》はし」となみだを（十一オ）襟《えり》に*10堤《つゝみ》つたひ山際《やまきは》にひかれ行。一心不乱《しんふらん》に*11題目《だいもく》となへ、かなはぬ事と覚悟《かくご》の所に、提燈《ちやうちん》

4　**しそくをくばり**…しそくは小形の照明具。紙や布を細く巻いてよった上に蠟を塗ったもの。くばるは火を燃すこと。

5　**作兵衛**…百姓らしい人名として使われた。鈴木棠三『通名・擬人名辞典』（東京堂出版・昭和六十年）参照。

6　**さゝれて**…「さす」は人を指名する、の意。指名されて。

7　**藪角を横にきれ**…藪の角を横切って、の意か。または横道に入るの意か。

8　**掃除奉行泥口団兵衛**…掃除奉行は江戸時代の武家の職名の一つ。掃除のことをつかさどる。泥口団兵衛については未詳。

9　**水をくれて**…水責めの拷問にかけて。水責は仰向けに縛り、顔に水を被せたり、水を強引に飲ませ続けたり、体を水中に沈めたりするなどの拷問の一種。

10　**堤**…つつみが上下にかかる。

11　**題目**…日蓮宗で唱える「南無妙法蓮華経」の称。

にあたりを照《てら》し、太刀取《たちどり》[12]うしろに立《たち》まはれば、縄取《なはとり》[13]は法《ほう》のごとく首をおさへて髪《かみ》なであげ、「動《うご》くまいぞ」の言葉《ことば》[14]の下《した》、づどんと打《うち》こむ刀《かたな》のひいやり[15]、ハット思《おも》ひてころりとこけしが暫《しばら》くありて正気《しやうき》つき、眼をひらき見まはせば、申《さる》の刻《こく》[16]には間《ま》のある日あし。南無三《なむさん》ぼう[17]。狸《たぬき》めが、一はいはめし[18]、と心《こゝろ》にうなづき、さるにても此所《こゝ》はいづくなるぞと考《かん》がふれば、毎《まい》日耕《たがへ》すわが田地《でんち》。むかふを見れば妻《つま》や子はおろ〳〵[19]涙《(な)みだ》に手《て》を引《ひき》あひ、「作兵衛との」と尋《たづ》ねくる。

作兵衛ぬから[20]（十一ウ）ぬ顔付《かほつき》にて、「何事《なにごと》なればやかましい」と訶《しか》れば、妻子《つまこ》は嬉《うれ》しげに、「さればとよ、今朝《けさ》出たまゝ昼帰《ひるがへ》りもないゆへに、若衆《わかいしゆ》に尋《たづ》ぬれば、『作兵衛は今朝《けさ》からみず、御奉《ぶ》行様《ぎやうさま》にも作兵衛は何《なに》ゆへに不参《ふさん》する不届者《ふとゞきもの》とおしかりなさる。早《はや》ふ帰りて尋《たづ》ねて出《だ》しや』と聞《きい》て恟《びつく》[21]り。それから尋《たづ》ね廻《まは》れども、こなたを見たといふ人なく、扨《さて》は狐《きつね》にさそはれしかと是《これ》まで尋《たづ》ね来《きた》りしぞや。どふやら合点《がてん》のゆかぬ顔《かほ》つき、まづ〳〵今日《けふ》は休《やすみ》に

12 **太刀取**…罪人の首を切る者。
13 **縄取**…縛った罪人が逃げないように、縄の端を持つ人。
14 **言葉の下**…言い終わるか終わらないうち。
15 **ひいやり**…「ひやり」を強めたいい方。ひんやり。
16 **申の刻**…現在の午後四時頃。また、その前後おおよそ各一時間。
17 **南無三ぼう**…南無三宝。驚いたり失敗したりした時に発することば。しまった。
18 **一はいはめし**…一杯食わせるに同じ。うまくだます。
19 **おろおろ涙**…おろおろと泣いて流す涙。とり乱してこぼす涙。
20 **ぬからぬ顔付**…そしらぬ顔つき。
21 **恟《びつく》り**…驚く。
＊『万代節用字林蔵』「恟《ひつくり》」

して内《うち》へ帰《かへ》りて酒《さけ》でも飲《のん》で緩《ゆる》りと休《やす》んで下《くだ》され」と、かたれば作兵衛うち笑《わら》ひ、「今日は一日狸《たぬき》めに*22つまゝれてこの（十二オ）*23しあはせ」と親子《おやこ》三人手を引合《ひきあい》わが家《や》に帰《かへ》れば、女房《にやうぼう》は「まづひもじかろ」と茶漬《ちやづけ》めし、酒《さけ》のかんしてさし出《いだ》せば、引《ひき》うけて五六盃《ぱい》、「あら心《こころ》よや。さりながら空腹《すきはら》ゆへか酔《ゑひ》がきつひ」と枕引《まくらひき》よせ臥《ふし》たれば、俄《にわか》にぞつと寒《さむ》けだち人音《ひとをと》もせず成ければ、「あら心得《こころへ》ず」と起《おき》なをれば、いづくかしらぬ草村《くさむら》に闇《やみ》の夜《よ》なれば方角《ほうがく》わかたず、いかゞはせんと思《おも》ふ折《をり》ふし、遥《はるか》に聞《きこ》ゆる*24太鼓鉦《たいこかね》、わが名《な》をよぶに力《ちから》を得《ゑ》て、田地《でんち》も溝《みぞ》もいとはゞこそ、太鼓《たいこ》の音《おと》にしたひ行《ゆき》、見れば松明数《たいまつす》十本、山のなかばを尋《たつ》ねよぶ。

「こゝに」といへど声《こへ》とゞかず、登《のぼ》らんには*25山峙《そばた》ち、道《みち》も（十二ウ）なければせんかたなく、追《おつ》つく事も叶《かな》はねば、もふ此《この》うへは是非《ぜひ》に及《およ》ばず、此所《このところ》にて夜《よ》をあかし、朝《あさ》とく宿《やど》に帰《かへ》らんとあたりに有《あり》し柴《しば》をとり敷《しき》、しばしが中《うち》と手枕《てまくら》にまどろむ間《ま》もなかりしが、女《おんな》の声《こへ》して頻《しきり》に起《おこ》し、「爰《こゝ》に何《なに》して居《ゐ》やしやる」といふに夢《ゆめ》さめ、

22 **つまゝれて**…化かされる。だまされる。

23 **しあはせ**…事の次第。仕儀。

24 **太鼓鉦**…特に、迷子や家出人などをさがすときにたたく太鼓や鉦。かねたいこ。

25 **山峙ち**…高くそびえる。

顔《かほ》をみれば、わが女房《にようばう》。「こはいかに」と後《うしろ》を見れば、我家《わがや》の裏口《うらぐち》を山根《やまね》[*26]とおもひ臥《ふし》たりし。

一度《ど》ならず二度《ど》ならず三度《ど》に重《かさな》る狸《たぬき》の仇《あた》、作兵衛は懼《おぢ》おそれ、「是《これ》はむごひつまみやう」とあきれ果《はて》て、其《その》のちは狸汁《たぬきじる》はいふに及《およ》はず、狸を見れば、慇懃《いんぎん》に黙礼《もくれい》をなして行《ゆき》すくれば、皆《みな》人狸の作兵衛と異名《いみやう》をつけて呼《よび》あへり。

新選百物語巻一終（十三ウ）

26 **山根**…山の根元に当たるところ。山のふもと。

［挿絵］一—三

「たぬきのひるねしてゐたるをおひやかせしあたいろ〳〵とたぶらかさるゝ」

「おのれにくいやつのくびをはぬるぞ」

「たぬきにあてるつふてかそれましてこさる」

「ごかんにん被成て下されませ」

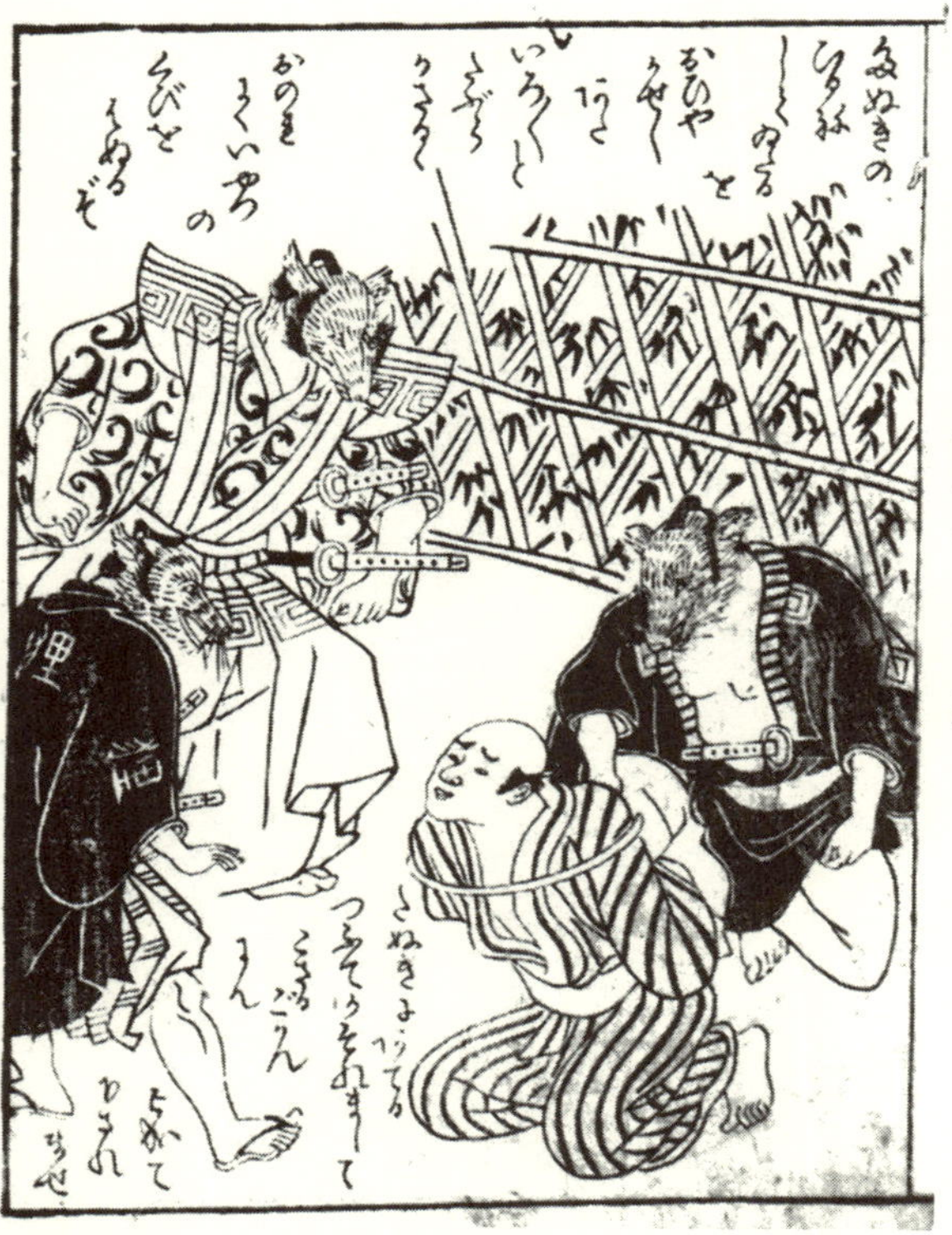

＊縄をかけられた作兵衛のまわりを、狸の顔をした奉行と家来が取り囲んでいる。裃を着ているのが掃除奉行泥口団兵衛。

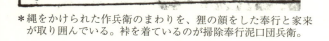

〈現代語訳〉

くりかえす狸汁《たぬきじる》の食傷《しよくしやう》

今は昔。（敵対していた）甲斐の武田信玄公と越後の上杉謙信公が和睦を結んだときのこと。御両将が国境に御出馬なされ、御対面することになった。甲斐・越後の両国の準備は大がかりで、道中のところどころに紙燭を灯し、奉行を任命して掃除をさせた。掃除の人夫にさせられた者の中に、百姓の作兵衛という者がいて、毎日勤めていた。

ある日、作兵衛が仕事に出た道で、岩根の茅の生えているところを見ると、狸が一匹寝ていた。作兵衛は面白がって、「さあ打殺して狸汁にしよう」と思い、あたりにあった石を取って、一撃で仕留めようと投げ付けたが、誤ってそばにある岩にあたったので、狸はこの音に驚いて起きあがり四方を見まわした。「逃がすものか」と、また石を取って投げつけると、かいくぐって逃げていくので、「おのれ生かしてはおくまい」と跡を追いかけた。

狸は姿を隠そうと藪角を横にきれ、命の限りと逃げてしまったので、作兵衛は手に入るはずだった狸をとれない残念さに、持っている石を藪ごしに投げ付けた。すると、「誰かは知らぬが、このような無礼なことをするのはどんな奴だ。それ縛りつけ捕えよ」と百姓もまじった大勢を引き連れ、刀に手をかけて藪から出て来たのは、謙信公の掃除奉行泥口団兵衛である。鬢さきより頬骨まで、小石が当たって、真っ赤になって怒っている。

奉行は大いに怒り、「憎き土民め。誰に頼まれて武士の面に傷をつけたのか。水責めの拷問にかけて白状させ、その上で首をはねてずたずたにいたせ」と物をも言わせず、梯子に括り付けて柄杓を取り、自ら水責めをはじめた。何とかして苦痛を逃れようと言い訳をしても、それを聞くどころか、どのように言っても結局、「こいつは赦しておけない。あの山のふもとに連れて行き、首をはねてしまえ」と奉行が命令する。一言もいさめる者もなく、作兵衛は縄をかけられて引出だされた。

作兵衛は、道理のない最期を迎えることになり、「妻と子が自分の死後に様子を聞いたならば、さぞや歎くだろう、不憫だ」と思って、止まらぬ涙を流しながら、堤づたいに山のふもとにひかれて行った。一心不乱に題目を唱え、叶わぬことと覚悟を決めたところに、役人が提灯であたりを照らし、太刀取がうしろに立つと、縄取は決まりのごとく首をおさえて髪をなであげ、「動くなよ」と言い終わるやすぐに、ずどんと刀が振り下ろされた。ひんやりする刃を首筋に感じて「はっ」と思って、ころりとこけたが、しばらくして正気付き、眼をひらいてあたりを見回すと、午後四時には、まだ間のありそうな明るさである。

「しまった。狸に一杯食わされた」と気がつき、それにしてもここは、どこなのだろうかと考えると、毎日耕す自分の田地である。向うを見ると、妻や子がおろおろと泣いて涙を流し、手を引合い、「作兵衛殿」と探している。

作兵衛はそしらぬ顔付で、「何事だ、騒がしい」と叱ると、妻子は嬉しそうに、「それは、今朝出たまま昼になっても帰らないので、若い衆に尋ねたところ、『作兵衛は今朝から見ていない。御奉行様にも、作兵衛はなぜ参上しないのか、不届者よと、お叱りであるから、早く帰って探し出せ』と聞いてびっくり。それから探しまわったけれども、あなたを見たという人はなく、さては狐に誘われたかと思って、ここまで探して来たのですよ。どうやら納得のゆかぬ顔つき、今日は休みにして家へ帰って、酒でも飲んでゆるりと休んで下され」と語るので、作兵衛はうち笑い、「今日は一日狸めに化かされてこの始末だ」と親子三人手を引きあい、わが家に帰った。帰宅すると女房は、「空腹でしょう」と茶漬めしと酒の燗をさし出す。五、六盃飲み、「ああよい気分だ。しかしながら空腹のためか酔がきつい」と枕を引よせ寝たところ、急にぞっと寒けを感じ、人の気配もしないので、「どうなっているのだ」と起き直ると、どこかわからない草むらにいる。しかも真っ暗闇なので方角がわからず、どうしようと思うちょうどその時、遠くに太鼓、鉦の音が聞こえる。自分の名を呼ぶ声に力を得て、田地も溝もかまわずに、太鼓の音を追って行って見ると、数十本の松明が見え、山のなかばを尋ね呼ぶ声がする。

「ここいるぞ」と言うけれど声は届かず、登ろうにも山がそばだち、道も無いので、しかたない。追いつくことも叶わないので、「もうこうなったからにはどうしようもない。ここで夜を明かし、朝早く家に帰ろう」とあたりにあった柴を取って敷き、ほんの少しの間、手枕にまどろんだかと思うや否や、女の声がしてしきりに起こし、「ここで何をしていらっしゃるの」と言うので夢がさめ、顔を見るとわが女房である。「これはどうしたことか」と後ろを見ると、我家の裏口を山根と思って臥していた。
一度ならず二度ならず三度まで繰り返される狸の仇。作兵衛は恐れて、「これはひどい化かされようだ」とうんざりして、その後は狸汁は言うまでもなく、狸を見れば、慇懃に黙礼をして行過ぎたので、皆人は狸の作兵衛と異名をつけて呼んだ。

〈類話〉

＊『諸国百物語』（延宝五年（一六七七））巻一の六「狐山伏にあだをなす事」／『太平百物語』（享保一七年（一七三二））巻三・二十二「きつね仇をむくひし事」／落語「七度狐」別名「庵寺」）など

新選百物語《しんせんひやくものがたり》 巻二

○嫉妬《しつと》にまさる*1梵字《ぼんじ》の功力《くりき》

*2妬《ど》なれば去《さる》とは七去《きよ》のひとつ。いかさま女《をんな》のねたみ、*3吝気《りんき》よりして家《いへ》を乱《みだ》り、身《み》をそこなふ事すくなからず。女の第《だい》一慎《つゝ》しむべきの道《みち》ぞかし。

今《いま》はむかし、*4土佐《とさ》の国名越《くになこし》といふ所《ところ》に、八郎兵衛といふ者《もの》の嫡子《ちやくし》に八右衛門とて、生年《しやうねん》二十五歳、つね〴〵父母《ふぼ》へよく〳〵つかへ、至《いたつ》て正直《しやうじき》なれば、近郷《きんが(う)》の*5これ沙汰《ざた》ほめぬものもなかりけり。其家《そのいへ》のとなりに、田地《でんぢ》もつくりて山《やま》などを持《もち》し権右衛門といふものあり。娘《むすめ》二人もちけるが（一オ）姉《あね》をおせん、妹《いもと》をお亀《かめ》といひ、姉《あね》には聟《むこ》をとりて*6家督《かとく》を続《つが》せ、妹をば八右衛門が妻《つま》につかはし、夫婦《ふうふ》となしぬ。

1　**梵字の功力**…仏典に用いる梵語、サンスクリット文字そのものに仏の力が宿っていると考えられた。

2　**妬なれば去とは七去**…嫉妬深いと離別されることをいう。七去は昔、中国で妻を離婚するための七つの条件。舅・姑に仕えないこと、子がないこと、淫乱であること、嫉妬深いこと、悪疾のあること、多言であること、盗癖のあることの七つをいう。

3　**悋気**…嫉妬すること。特に、情事に関して嫉妬すること。

4　**土佐の国名越**…高知県高岡郡日高村名越屋を指すか。

5　**これ沙汰**…そのことが世間で評判になること。もっぱらのうわさ。取沙汰。

6　**家督**…相続させる財産、地位など。

お亀、生得《しやうとく》りん気《き》ふかく、八右衛門近所《きんじよ》へ出《いで》てもさま〱とねたみ、怒《いか》り、まして城下《じやうか》などへ公用《こうよう》にて行《ゆく》にも、是非《ぜひ》なき事と思《おも》ひながら*7癖《くせ》の事《こと》なれば、食事《しよくじ》もせず湯水《ゆみづ》も飲《のま》ず、おもひわづらひ臥《ふし》てのみ暮《くら》しける。然《しか》れども、八右衛門すこしも*8そゝけぬものなれば、終《つゐ》に夫婦《ふうふ》のいさかひなく*9おとなしく暮《くら》せしが、いかなる事にや、お亀廿二歳《さい》の春比《はるごろ》より、*10ぶら〱と煩《わづ》らひていろ〱と養《よう》生《じやう》させ、城下《じやうか》の医師《いし》へ療治《りやうじ》を頼《たの》み（一ウ）、薬《くすり》も残《のこ》る所《ところ》なく神仏《しんぶつ》へも祈願《きくはん》すれども、ちからおよばず、次第《しだい》〱に衰《おと》へて*11頼《たのみ》すくなくなりけるが、或夜《あるよ》、八右衛門にいひけるは、「わたくし不慮《ふりよ》の病《やまひ》を請《うけ》、なが〱の御かんびやう、身にあまり忝《かたじけな》く御礼《れい》申に余《あま》りあり。今朝《けさ》までも今迄《いままで》も、今《いま》一たびは本復《ほんぷく》して添参《そひまい》らせんと存《ぞん》せしが、最前鏡《さいせんかゞみ》にむかひみるに、かやうにやつれまいらせては、たとへ鎖《くさり》につなぎても、*12唐天竺《からてんぢく》の名医《めいゐ》をまねき良薬《りやうやく》をほどこしても、本復《ほんふく》する事かたかるへし。三十《みそじ》にみたず、*13過行《すぎゆく》事も過去《くはこ》の*14宿業《しゆくごう》ぞと思《おも》へば、なげく事もなし。去《さり》ながら、ひとつの願《ねがひ》（二

7 **癖**…性分のこと。
8 **そゝけぬもの**…動じない。
9 **おとなしく**…穏やかに。
10 **ぶら〱と煩ひて**…長煩い。
11 **頼みすくなく**…死期が近くなる。
12 **唐天竺**…中国とインド。
13 **過行事**…死ぬこと。
14 **宿業**…仏語。前世につくった業。ここでは約束事の意。

オ）さふらふまゝ聞《きゝ》給へ」と涙《なみだ》ぐみ、いとくるしげに言《いひ》ければ、八右衛門は不便《ふびん》さまさり、「何《なに》とて左様《さやう》に心《こゝろ》をき*15臨終正念《りんじうしやうねん》あやまり給ふぞ。身《み》に叶《かな》ひたる事ならば、いか様《やう》の儀《ぎ》なりとも、其方《そのほう》の望《のぞみ》を達《たつ》しさせん。すこしものこさず語《かた》られよ」とねんごろに尋《たづ》ぬれば、お亀、いまはの眼《まなこ》をひらきて、「嬉《うれ》しの仰《おほせ》や、忝《かたじけな》や。我身《わがみ》むなしくなりたるのち、かならず妻《つま》をもち給ふなっ。是《これ》のみ心残《こころのこ》りにて、胸《むね》をこがし身《み》をくるしむ。あら熱《あつ》や、堪《たへ》かたや」と煙《けふり》のごとき息《いき》ふき出《だ》し、歯《は》をくひしばり、眉《まゆ》さか立《たち》、悪相《あくさう》*16一般《いちど》にあらはれければ、地獄《ぢごく》の呵責《かしやく》思《おも》ひやられ（二ウ）、すさましき事限《かぎ》りなし。

八右衛門は見るにたへかね、言葉《ことば》をあらため、「さほどすこしき望事《のぞむ》、何《なに》ゆへこれまでつゝみ給ふぞ。心《こころ》やすかれ、死後《しご》におゐて一生《しやう》妻《つま》をめとるべからず。もし此言葉《このことば》に偽《いつは》りあらば、立所《たちところ》に氏神《うちかみ》の御罰《みばつ》を蒙《かふ》るべし。いさぎよく往生《わうじやう》し給へ。かならず疑《うたが》ひ給ふな」といひ聞《きか》すれば、むつくと起《をき》、「あら嬉《うれ》しや」と七転《てん》八倒《たう》、*17虚空《こくう》を掴《つか》み、「うん」とばかり、最後《さいご》の念《ねん》ぞすさましき。

15 **臨終正念**…臨終の際に心静かに乱れないこと。特に、一心に阿彌陀仏を念じて極楽往生を願うこと。

16 **一般（いちど）**…一度に。
＊『新選百物語』巻四の二「天罰一般（いちど）にむくひ来て」

17 **虚空を掴み**…断末魔のさま。
＊浄瑠璃・夏祭浪花鑑〔一七四五〕五「うんと計に虚空を摑み」

八右衛門は涙《なみだ》ながら葬送仏事《さうそうぶつじ》のこりなく、かたのごとく執行《とりをこな》ひしが、いつとなく八右衛門極《きはめ》て病気《びやうき》といふにもあらず、次第《しだい》〳〵に衰《おとろ》ふ（三オ）れば、一門中《もんぢう》も不審《ふしん》をなし、入《いれ》かへ〳〵毎《まい》日見舞《みまひ》、「様子《やうす》いかゞ」と尋《たづ》ぬれば、「気《き》ぶんにすこしも別条《べつでう》なし」と詞《ことは》をはなつて言《いひ》けれども、いづれも一円承引《えんしやういん》せず。

「お亀最期《かめさいご》に臨《のぞみ》し時《とき》、一生《しやう》妻《つま》をもつまじと誓《ちか》ひをなして契《ちぎり》し由《よし》、もとより正路《しやうろ》の八右衛門、詞《ことば》をかへじと思《おも》へども、若《わか》き者《もの》の事なれば、*18色《いろ》には*19心《こころ》のうつる最中《さいちう》。されども誓《ちか》ひし詞《ことば》あれば、思《おも》ひ暮《くら》して*20心気《しんき》をいため、かく衰《おとろ》ふるものならん。もしさもあらば、兎《と》に角《かく》に、後妻《ごさい》を娶《めと》らで叶《かな》はぬ*21身《み》ぶん。とてもの事に其《その》人と夫婦《ふうふ》になさん」と一決《けつ》して、八左衛門が方《かた》（三ウ）に寄《より》あつまり、「其《その》もと、近《ちか》ごろかたち衰《おとろ》へ、はなはだもつて軽《かろ》からず。病気《びやうき》を問《とへ》ばなやみもなし。実儀《じつき》なる其元《そのもと》なれども、木石《ぼくせき》ならぬ事なれば、心《こゝろ》のうつる人もありや。必《かなら》ず隠《かく》し給《たま》ふな」と、皆《みな》一同《どう》に問《とひ》かくれば、八右衛門は色《いろ》をかへ、「*22いかな〳〵拙者《せつしや》におゐて左《さ》

18 **色**…恋愛。
19 **心のうつる**…心がひかれる。
20 **心気をいため**…心を痛め、の意。
21 **身ぶん**…身の上。
22 **いかな〳〵**…どうしてどうして。

様《やう》の心《こゝろ》さら〳〵なし。日外《いつぞや》よりおの〳〵がた顔色日々《かんしよくひゝ》に衰《おとろ》ふると立替《たちかは》りての御尋《たづ》ね、あら心得《こゝろへ》ず、と思《おも》ひしが、いかさま*23近比《ちかごろ》あやしき事あり。申出《いだ》すもいかゞなれども、浅《あさ》からざる御真実《しんじつ》、くはしくあかし申なり。御はづかしき事なれども、お亀相果《かめあいはて》申夜《よ》より（四オ）、夢《ゆめ》ともなくうつゝともなく寝《ね》ると其《その》まゝお亀が来《きた》り。そひ臥《ぶし》すると覚《おぼ》へし事、昨夜《さくや》まで廿日に及《およ》べり。扨《さて》はお亀《かめ》が死《し》したるを不便《ふびん》に思《おも》ふこゝろより出《いづ》る所《ところ》の夢《ゆめ》なるべし、と思《おも》ひなをして臥《ふし》ぬれども、寸分《すんぶん》ちがはぬ夢のさま。*24夢は五臓《ざう》の虚《きよ》といへとも、顔色《かんしよく》までもかはる事、*25かた〳〵思《おも》ひ合《あは》すれば、これたゞ事にあらず、と始《はじめ》て驚《おどろ》くばかりなり」。

一門《もん》どもも不審《ふしん》をなし、「かゝる怪《あや》しき物《もの》かたり、すこしも延引《えんいん》すべからず」と*26旦那寺《だんなでら》の和尚《おしやう》をまねき、しか〳〵のよしいひのぶれば、和尚《おしやう》しばらく考《かんが》へて、「此妖怪《このようくはい》に（4ウ）［挿絵］似《に》たる事、いにしへも有《あり》しそかし。八右衛門の顔色《がんしよく》も、のこらず死相《しさう》をあらはせは、一命《めい》の終《をは》らん事、今明《こんみやう》日にすくへからず。その

23 **近比**…はなはだ。

24 **夢は五臓の虚**…虚は漢方医学の用語で、不足の意。体の機能や症状が衰弱していること。また、元気や気力のない状態。夢を見るのは五臓（肝・心・脾・肺・腎）の疲れから起こるということ。

25 **かた〳〵**…あれこれと。さまざまに。

26 **旦那寺**…本人が帰依して檀家となっている寺。菩提寺。檀寺。香華院。知行寺。

27 **子の半刻**…夜の十二時前後。

28 **暮六ッごろ**…午後六時頃。

証拠《しやうこ》を見すへきまゝ、お亀《かめ》の墓《はか》をあばかるべし」と皆引連《みなひきつれ》て墓《はか》にいたり、堀《ほり》かへして取出《とりいだ》せば、廿日に余《あま》る屍《しかばね》の埋《うつみ》し時《とき》のことくなれば、和尚《おしやう》は「さこそあるへし」と硯《すゝり》とりよせ、屍《しかばね》にあき所なく梵字《ぼんじ》を書付《かきつけ》、八右衛門を呼《よひ》よせ、「今夜《こんや》はお亀の屍《しかばね》を抱《いだき》て一夜《や》あかさるべし。*27子《ね》の半刻《はんこく》に至《いた》りなば、かならず怪《あや》しき事あらん。驚《おどろ》く事なかれ」とくはしくおしへ帰《かへ》らるれば、八右衛門はこれに随《したが》ひ、*28暮《くれ》六ッごろより（五オ）屍《しかはね》をいだき、子《ね》の半刻《はんこく》を待《まち》けるが、漸《やう〳〵》亥《ゐ》もすき*28子《ね》にいたる。

今《いま》や〳〵とかんがへみれど、虫《むし》の音《ね》ばかりいとさびしく、何《なん》の怪《あや》しき事もなければ、あら心得《こゝろへ》すと思《おも》ふ所《ところ》に、抱《いだき》し亡者《まうじや》の屍《しかはね》より、手毬《てまり》のごとき火《ひ》の玉出《たまいで》て、いづくともなく飛行《とびゆき》けり。すはや今《いま》ぞと息《いき》をつめ、目《ま》たゝきもせず居《ゐ》たりしが、半時《はんじ》はかりも過《すぎ》つるころ、火《ひ》の玉虚空《たまこくう》を飛帰《とびかへ》り、死人《しにん》の口《くち》に入《いる》ぞと見《み》へしが、しだひ〳〵にあたゝまり、眼《まなこ》をひらき大息《おほいき》つぎ、「今宵《こよひ》は夫《おつと》を伴《とも》ひ来《きた》り。我妄執《わがまうしう》をはらさんと残《のこ》るかたなく尋《たづ》ぬれども、夫《おつと》をみず」とふりかへり（五ウ）、うしろをきつと見、莞尓《にっこ》と笑《わら》ひ、「御身《み》はこゝに居《ゐ》給ふか。かほどに我《われ》を思《おぼ》し召《めし》、*29草《くさ》の陰《かげ》までつきそひ給《たま》ふ御心《こゝろ》とは露《つゆ》しらす。恋《こひ》しい夫《おっと》を娑婆《しやは》に残《のこ》し、外《ほか》の女にそはせんは、これ我《わが》まよひの第《だい》一なれば、今夜《こんや》は是非《ぜひ》にいざなひ来《きた》り、ともに迷《めい》途《ど》におもむかんと宵《よひ》より尋《たづ》ね参《まい》らせし。最早《もはや》のぞみはたりぬるぞ」といふとひとしく、眼《まなこ》をふさぎ、屍《しかばね》こほりのごとくに冷《ひへ》て、鶏《にはとり》の声《こへ》かすかに聞《きこ》へ、寺《てら》〳〵の*30鐘《かね》八ッを告《つぐ》れば、和尚《おしやう》*31同宿《どうじゆく》出来《いでき》り。

八右衛門は宵《よひ》よりの始終《しじう》をくはしく申上《あぐ》れば、手を打《うつ》て大に悦《おほいよろこ》び、「我《われ》さもあらんと思《おも》ひし（六オ）ゆへ、*32障礙《しやうげ》を除《のぞ》くの法《ほう》を行《おこな》ひ、汝《なんぢ》が命《いのち》を救《すく》ひしぞ」とふたゝひ埋《うつ》みて仏事《ふつし》をなし、残《のこ》るかたなく弔《とふら》ひければ、其《その》のち何《なに》の障《さはり》もなかりし。過去《くはこ》の縁《えん》とはいひながら、恐《おそ》しかりし執着《しうぢゃく》なり。

29 **草の陰**…墓の下。あの世。

30 **鐘八ッ**…午前二時頃。

31 **同宿**…同じ寺の僧坊に住むこと。同じ寺に住み、同じ師僧について学ぶこと。また、その人。

32 **障礙**…障碍、仏語で悪魔、怨霊などが邪魔をすること。さわり。障害。

［挿絵］二-一-一

「りんきふかき女ほういまわになりておつとのわかれをおしみしうしんをのこす」
「ア、しにとむない〳〵」
「そなたにわかれてはほかに女ほうはもたぬそや」

＊病鉢巻をした女房お亀は臨終の様子。口から悪念を表わす煙のような息を吐き出している。

[挿絵] 二‐一‐二

「女ほうのしうしんよなく〳〵きたる」
「ア、嬉しや我か妻は在ス此ニ」
「和尚女ほうのしかいをほりおこしもうしうをはらさす智りやくの所」

＊亡き妻お亀の屍と寝る八右衛門。お亀の衣服には梵字が書かれている。お亀の執念を火の玉で表わす。様子をうかがう和尚ら。

〈現代語訳〉

嫉妬《しっと》にまさる梵字《ぼんじ》の功力《くりき》

嫉妬深いと離別されるというのは七去の一つである。なるほど、女の嫉妬から、家が乱れ、病気になることは少なくない。一番に慎むべき、女性のあり方である。

今は昔、土佐の国名越に、八郎兵衛の嫡子で、八右衛門という者がいた。年は二十五歳、常々父母によく仕え、極めて正直者だったので、近所の評判はよく、褒めない者はいなかった。その隣に、田地を作り、山なども持つ権右衛門という者がいた。二人の娘がいたが、姉をおせん、妹をお亀といい、姉には婿を取らせて家督を継がせ、妹は八右衛門の妻にして夫婦とした。

お亀は生まれながらにして嫉妬深く、八右衛門が近所へ出るだけでもさまざまとやきもちを焼いて怒った。まして城下などへ公用のために行く時には、仕方がないことと思いながら、性分なので、食事もせず湯水も飲まず、思い煩って寝てばかりいた。けれども、八右衛門はすこしもうろたえず、今だかつて夫婦喧嘩もなく、穏やかに暮していた。

ところが、どうしたことだろうか。お亀は二十二歳の春頃より、長煩いになった。いろいろと養生させ、城下の医師へ治療を頼んで多くの薬をためし、神仏へも祈願したけれども、どうにもならない。次第に衰えて、死期が近くなり、ある夜、お亀は八右衛門に言った。

「私が思いがけない病気となり、長い間看病してくださったことは、身に余ることでありがたく、御礼を申してもしきれないほどでございます。たった今まで、もう一度、病気が快復したら添いとげようと思っていましたが、先ほど鏡を見ると、このようにやつれておりましては、たとえ鎖につないでも、中国やインドの名医を招いて良薬をいただいても、本復することは難しいでしょう。三十に満たないで死ぬことも、過去の宿業かと思えば歎くこともありません。とはいえ、ひとつ願いがありますのでお聞きください」

お亀が涙ぐんで、とても苦しそうに言うので、八右衛門はかわいそうに思い、「どうしてそのようにこちらの世に心を残して、臨終に心を乱すのか。私にできることならば、どのようなことでも、あなたの望みを叶えましょう。すべてお話しください」と懇切に尋ねたところ、お亀はいまわの際の眼を開いて、「嬉しいお言葉、ありがたいことです。私が死んだ後、絶対に妻をお持ちにならないでください。このことだけが心残りで、胸を焦がし身を苦しめています。ああ、熱い、堪えがたい」と煙のような息を吹き出し、歯を食いしばり、眉を逆立て、恐ろしい人相が一度にあらわれたので、地獄の責苦が思いやられ、おそろしいことはこの上もなかった。

八右衛門は見るに耐え兼ね、言葉をあらためて言い聞かせた。

「それくらいの小さな願いをどうしてこれまで隠していたのか。安心してください。あなたが死んだ後、一生妻は娶りません。もしこの言葉に偽りがあれば、たちどころに氏神の御罰を受けましょう。未練なく、往生してください。必ずお疑いにならないでください」

すると、お亀はむっくと起き上がり、「ああ、嬉しい」と言うと、もだえ苦しみ、「うん」とばかり言って死んだ。最後の一念は、すさまじいものだった。

八右衛門は涙ながらに、葬式や法事もすべて一通り執り行なったが、いつの頃からか、病気というのでもなく、次第に衰えていくので、一門中も不審に思い、入れ替わりたちかわり、毎日見舞って、「様子はいかがか」と尋ねると、「気分に少しも別条なし」とは言うけれども、誰も納得しない。

「お亀が最期の時に、一生妻を持つまじと誓ったが、もとより正直な八右衛門は、約束は破るまいと思うものの、若いので、色恋には心がひかれる年齢なのだろう。けれども、約束があるので、あれこれ悩み、心気をいためたのでこのように衰弱したのであろう。もし、そうであるならば、いずれにせよ後妻を娶らないではいられない身の上。いっそのこと、その人と夫婦にさせよう」と決めて、八左衛門の家に寄り集まり、「そなたははなはだ顔色が悪い、非常に重い病の様子。病気かと問えば、病はないという。律儀なそなただけれども、木や石のように無情ではないので、心が移る人もあるのではないか。決して隠し立てはなさるな」と、皆一同に問いかければ、八右衛門は顔色を変え、「決して私においては、そのような気持ちはまったくありません。この間より、あなたがたが、顔色が日ごとに衰えるといって、たちかわりにお尋ねになり、納得がいかないとは思いましたが、たしかにとても怪しいことがありました。申し出すのもいかがかと思うけれども、詳しくお話し申します。お恥ずかしいことだけれども、お亀が亡くなった夜より、夢ともなくうつつともなく、寝ていると、生前のままのお亀が来て添い寝すると思われることが昨夜まで、二十日に及びました。さては、お亀が死んだのをかわいそうに思う心から見る夢だろうと思いなおして寝たけれども、またしても寸分違わぬ夢。夢を見るのは五臓の疲れから起こるというけれども、顔色までも変わることは、さまざま思い合わせばただごとではないと、はじめて驚くばかりです」と語る。

一門の者どもも不審に思い、「このような奇怪な話は少しも先延ばしにするべきではない」と、旦那寺の和尚を招いて、しかじかの旨を言うと、和尚はしばらく考えて、「この妖怪に似たことは昔にもあった。八右衛門の顔色もすべて死相をあらわしているので、今日明日にも一命が尽きようとしているに違いない。その証拠を見せようと思うので、お亀の墓をあばいてみよう」と、皆を引き連れて墓に行き、掘りかえして屍を取り出すと、二十日前くらいに埋めた時と同じように、生前のおもかげを残していた。和尚は、「やはりそうであったか」と硯をとりよせ、屍にすきまなく梵字を書付け、八右衛門を呼びよせて、「今夜はお亀の屍を抱いて一夜を明かしなさい。子の半刻になったなら、必ず怪しいことがあるだろうが、驚かないように」と教えて帰られたので、八右衛門はこの教えに従い、暮六つ頃より屍を抱き、深夜、子の半刻になるのを待った。

ようやく亥も過ぎ、子の刻になった。今か今かと様子をうかがっていたが、虫の音ばかりで物寂しく、何の怪しいこともない。「どうなっているのか」と思っているところに抱いた亡者の屍から手毬のような火の玉が出て、いづくともなく飛んで行った。「それ、今だ」と息をとめ、瞬きもせずにいると、半時（一時間）ばかりも経った頃、火の玉が虚空を飛び帰り、死人の口に入ったかと見えると次第に死体が暖まり、眼を開いて大きく息をして、「今宵は夫を連れに来た。私の妄執をはらそうと残るところなく尋ねたけれども夫が見つからない」と振り返り、後ろをきっと見て、にっこりと笑い、「あなたはここにいらっしゃったの。これほど私をお思いになって、草葉の陰まで付き添いなさるお心とは露知らず、恋しい夫を現世に残し、他の女と添わせるようなことは、私の一番の悩みなので、今夜は是非とも誘って、ともに冥途におもむこうと、宵より探しておりました。最早望みは満たされました」と言うやいなや眼をふさぎ、屍は氷のように冷えた。やがて鶏の声がかすかに聞こえ、寺々の鐘が朝八つを告げたので、和尚や同宿の者が出てきた。

八右衛門が宵からの出来事を一部始終詳しく語ると、和尚は手を打って大いに悦び「私はさもあらんと思ったので、障りを除く法を行じて、お前の命を救ったのだ」と言い、再び遺体を埋めて仏事をなし、手厚く弔ったので、その後は何の障りもなかったという。

過去の縁とは言いながら、恐ろしい執着である。

〈類話〉

＊『曽呂利物語』〔寛文三年（一六六三）〕巻四の九「耳切れうん市が事」／『諸国百物語』〔延宝五年（一六七七）〕巻一の八「後妻うちの妻付タリ法華経の功力」／『老翁茶話』〔寛保二年（一七四二）〕巻四「堀主水逢女の悪霊」／『今昔雑冥談』〔宝暦一三年（一七六三）〕巻一「野州の百姓次郎三郎妻、鬼に成事」／『雨月物語』〔安永五年（一七七六）〕「吉備津の釜」／「耳なし芳一」　など

〈翻案〉　＊「おかめのはなし」『小泉八雲集』（上田和夫訳、新潮社、一九七五）

○鼠《ねずみ》にひとしき乳母《うば》が乳房《ちぶさ》

*1江州草津《ごうしうくさつ》には*2東山道《とうせんたう》の名物《めいふつ》*3うばが餅《もち》とて、もてはやし、しるもしらぬもおしなべて、誰《たれ》いふとなくこの餅《もち》を、*4食《くは》で果《はつ》れば閻魔《えんま》王《わう》ひとつの罪《つみ》にしるすとて、老若男女《らうにやくなんによ》たちつどひ、足《あし》をやすめぬ人もなし。

こゝに大嶋閑斎《おほしまかんさい》とて元来《ぐはんらい》*5若狭《わかさ》の武家《ぶけ》なりしが（六ウ）、若狭《わかさ》を去《さつ》て草津《くさつ》に住居《ぢうきよ》し、田地《てんぢ》を求《もと》め*6手跡《しゆせき》の指南《しなん》し、六十歳《さい》にちかき身《み》の安楽《あんらく》にくらさるれば、誰《たれ》ありて此《この》人を羨《うらや》まざるはなかりけり。一子《し》官《くはん》左衛門とて至《いたつ》て剛勇《かうゆう》の人なるが、力万人《ちからまんにん》にすぐれたれども、生質柔和《せいしつにうわ》に女のごとく力《ちから》ありとはみへざりしが、あるとき下僕《けらい》に*7居風呂《すへふろ》を焼《たか》せけるに、いかゞしけん、軒口《のきぐち》に燃《もへ》つきければ、下僕《けらい》大に驚《おどろ》き騒《さは》ぎさまぐ\にふせげとも、一人の力《ちから》に叶《かな》ひ

1　**江州草津**…江州は近江国の別称。現在の滋賀県草津市。

2　**東山道**…中世以来、中仙道とよばれ、近世五街道の一つとなる。

3　**うばが餅**…近江国草津の名物。近江の国の郷代官であった六角左京大夫の子孫が滅ぼされたとき、三歳になる遺児を養育するために、寛永（一六二四～四四）の頃、その乳母が茶屋を設けて売りはじめたものという。

4　**食で果れば閻魔王ひとつの罪にしるす**…姥が餅を食べないと三途の川を渡してもらえないといわれた。

5　**若狭**…北陸道に属し、現在の福井県南西部にあたる。

6　**手跡の指南**…書道教授。

7　**居風呂**…蒸し風呂に対して、湯をわかし入浴する風呂。

がたく火《ひ》もはや熾《さかん》になりければ、為方《せんかた》なくて声《こへ》をあげ、主人《しゆじん》にかくと知《しら》すれは、官左衛門はすこしも騒《さは》がず、其《その》まゝゆきて（七オ）居風呂《すへふろ》を軒《のき》のうへに投《なげ》あぐれば、水《みづ》は一どにさんぶとかゝり、忽《たちま》ち即座《そくさ》に静《しづ》まりし。

それより程《ほと》へて用事《ようじ》ありて隣郷《となりざと》に行《ゆき》けるが、其村《そのむら》の旦那寺《だんなてら》に年《とし》久《ひさ》じき*8鐘楼《しゆろう》ありて、ことの外破損《ほかはそん》しければ、近《ちか》き中《うち》には修理《しゆり》せんとて其《その》まゝにて指置《さしをき》しに、其日《その》俄《にわか》に棟《むね》たはみて中《なか》より折《をれ》んとしけるを、*9旦中《だんちう》いづれも是《これ》を見て、「鐘《かね》おちては破《われ》なんまゝ早《はや》く下《した》より木《き》を積《つみ》て其《その》うへに乗《のせ》んず」と、いそぎ村中《むらぢう》*10徇《ふれ》まはし上《うへ》を下《した》へと騒動《さうどう》すれば、官左衛門これを聞《きゝ》、「何《なに》ほどの鐘《かね》なればいざや、みん」とて*11亭主《ていしゆ》を伴《ともな》ひ寺《てら》に行《ゆき》しが、莞尓《につこ》と（七ウ）笑《わら》ひ鐘《かね》の下《した》にあゆみよりて両手《りやうて》をかけ、そつとさしあげ上《うへ》なるかけがね*12ゆりはづし、「此鐘《このかね》いづくに置《をく》べきぞ」と尋《たづ》ぬれば、人〳〵はとてもの事に、「客殿《きやくでん》の軒下《のきした》に御差置《さしをき》下されかし」とたのむにぞ。官左衛門は鐘《かね》もちながら、又*13十四五間《けん》しづかにあゆみ、軒《のき》の下《した》に音《をと》

8 **鐘楼**…梵鐘をつるしてある堂。かねつき堂。

9 **旦中**…檀家の者たち。同じ寺院の檀家である人々。

10 **徇まはし**…知らせ回って。

11 **亭主**…訪問先の主人。

12 **ゆりはづし**…揺すって外すことか。

13 **十四五間**…一間は、六尺（約一、八二メートル）。ここは、約二十五、六メートル。

もせずさし置《をき》たるが、面《おもて》の色《いろ》つねにすこしも変《かは》らばこそ、手《て》を打《うち》はらひ帰《かへ》りける。人〳〵大に恐《おそ》れをなし、「これ人間《にんけん》のわざにあらず」と近国《きんごく》に沙汰《さた》ありしを*[14]尊 氏公《たかうぢこう》きゝ及《およ》ばれ、官左衛門を召《めし》よせられ、右《みぎ》のはなしを御聞《きゝ》なされ、何《なに》にても力《ちから》わざ御覧《らん》あるべき御所望《しよもう》なれども、折《をり》ふしあたりに相応《さうをう》の物《もの》もなければ御*[15]次《つぎ》へ行《ゆき》、左《ひだり》の手《て》*[16]指《さし》わたし三尺《じやく》ばかり*[17]唐《から》かねの鬼面《きめん》の火鉢《ひばち》、灰《はい》をはらひて左《ひだり》の手《て》にて御前《ごぜん》間《ま》ちかく持来《もちきた》り、両手《りやうて》をかけて二つに引裂《ひきさき》、だん〳〵に折《をる》ほどに片時《へんし》の間《あいた》に残《のこ》りなく三*[18]寸《すん》ばかりに砕《くだき》し有様《ありさま》、小児《しやうに》の煎餅《せんべい》わるがごとし。

尊氏公《たかうぢこう》ごらんあり、甚《はなは》だ感《かん》じおぼしめし御料理《りやうり》下しおかれ、御引出《ひきで》ものなど賜《たま》りて官左衛門は*[19]下宿《げしゆく》せり。其《その》のちわざ〳〵御使《し》者《しや》をもつて召《めし》かゝへらるべきよしなれども、いかなる所存《しよぞん》かありけるにや、御ことはりを申上、浪人《らうにん》にてぞくらしける。

官左衛門が一子《いつし》官 平《くはんぺい》（八ウ）［挿絵］とて其年《そのとし》*[20]二歳の男子《なんし》あり。妻《つま》は俄《にはか》の熱病《ねつびやう》して、二月まへに空《むな》しくなれば、乳母《うば》を抱《かゝへ》て養育《やういく》し

14 **尊氏公**…足利尊氏。嘉元三～延文三＝正平一三年（一三〇五～五八）。室町幕府初代将軍。この話にまつわる伝承は未詳。

15 **御次**…御次の間の略。貴人の居室のつぎの間。

16 **指わたし三尺ばかり**…指わたしは直径。直径約九〇センチメートル。

17 **唐かねの鬼面の火鉢**…青銅製の円形火鉢で、脚部が鬼面をかたどったもの。獅嚙火鉢。『近代百物語』（明和七年〈一七七〇〉）巻四の一「勇気をくじく鬼面の火鉢」にも出る。

18 **三寸**…一寸（約三・〇三センチメートル）の三倍の長さ。約九・〇九センチメートル。

19 **下宿せり**…家に帰った。

20 **二歳**…数え年で二歳。

21 **暇を乞**…ここでは雇用関係を絶って、勤めをやめ、里に帰ること。

22 **ひら乞**…ひたすら乞うこと。

23 **他行**…外出すること。

けるが、ふしぎや或夜《あるよ》臥《ふし》たる乳母《うば》いづくともなく失《うせ》ければ、親里《おやざと》へも早速《さつそく》しらせ、近辺《きんぺん》はいふに及《およ》ばず、近国《きんごく》へも人をはしらせ爰《こゝ》かしこと尋《たづ》ぬれば、その行方《ゆきがた》のしれざれば、又外《ほか》かたより乳母《うば》をかゝへ、四五日も過《すぎ》けるが、急《きう》に暇《いとま》*21を乞《こひ》けるゆへ、子細《しさい》をくはしく尋《たづ》ぬれども、「とかくおいとま下《くだ》さるへし」と願《ねが》ひ、すでに立帰《たちかへ》るして乳母《うば》を召抱《めしかゝへ》四五日も乳《ち》を用《もち》ひ小児《しやうに》も大かたなじみし比《ころ》、おもひもよらず、暇《いとま》の願《ねが》ひ。官左衛門は不審《ふしん》の顔《がん》（九オ）色《しよく》、「何《なに》のやうすもいはず暇《いとま》をこふ事こゝろへがたし。心底《しんてい》かたれ」と責《せめ》けれども、ひら乞《ごひ》*22に願《ねが》ふにぞ官左衛門きゝ届《とゞ》け、「しからば拙者今日《せつしやこんにち》は用事《ようじ》ありて他行《たぎやう》*23すればその間相《あいだあい》つとめよ。暮《くれ》かたには帰《かへ》るへし。帰《かへ》らば其《その》まゝいとまをやらん。暫《しばら》く待《まて》」と、いひ捨《すて》て出《いで》て行《ゆく》。その跡《あと》へ、毎《まい》日出入《ていり》の小農民《こびやくしやう》六兵衛が妻来《つまきた》り、乳母《うば》にむかひて、「そこもとの在所《ざいしよ》の人とて先程参《さきほどまい》られ、何《なに》かお目《め》にかゝりたしと早《はや》く行《ゆき》て逢給《あひたま》へ。官平様はしばしが間私《あいだわたくし》へ」といたきとり、膝《ひざ》にのすれば乳母《うば》は其侭《そのまゝ》六兵衛かたへはしり行《ゆき》、みれば在所《ざいしよ》の人にはあらず（九ウ）。官左衛門手《て》をあげて乳母《うば》を近《ちか》くまねきよせ、「其方急《そのほうきう》にいとまの願《ねが》ひ、我《われ》一円合点《えんがてん》ゆかず。さだめてふかき様子《やうす》ぞあらん。すこしもつゝまずかたるべし」とさま〲すかし*24尋《たづ》ぬれば、乳母《うば》はなをも近《ちか》くさしより、「申出《いだ》すも身《み》の毛《け》よだちて恐《おそろ》しき事どもなり。わたくし始《はじめ》てお家《いへ》へまいり、二日めの夜半《やはん》すぎ、不斗目覚《ふとめさめ》て候ゆへ風《かぜ》などおひきなされてはと抱《いだ》きよせ参《まい》らすれば、官平様の其大《そのおほき》さ七八歳《さい》の子《こ》となり給ひ、偏身《そうみ》に毛《け》はへて覚《おぼ》へしゆへ、これはとそんじ、よく〱見れば、昼《ひる》にかはらぬ御寝《ね》すかた。扨《さて》は夢《ゆめ》にてありしよと（十オ）其夜《そのよ》もあけしが、また昨夜《さくや》*25丑《うし》の刻《こく》と思《おも》ふころ何《なに》かはしらず、わたくしの額《ひたゐ》ぎはより頭《かしら》まで牛《うし》の舌《した》かとおほしきものにて嘗《なめ》るやうにおぼへしまゝ、目《め》をすこし開《ひら》きてみれば、小牛《こうし》ほどなるものなれば、あらこはや、おそろしと官平様を見申せとも、あたりにみへさせ給はねば、扨《さて》はわたくし寝入《ねいり》しうち、取《とり》くらひしぞとこゝろへて、『官左衛門様、起合《をきあひ》給へ』と声《こへ》をあげて申にぞ、彼《かの》もの驚《おどろ》き、飛《とび》のき

24 **すかし**…なぐさめて、気持を変えるようにする。なだめる。機嫌をとる。

25 **丑の刻**…午前二時前後。

て官平様と姿《すがた》をかへ、わたくしの懐《ふところ》へはいつて乳《ち》を吸《す》ふ有《あり》さま。唯今《たゝいま》申もこわげたてば*26、何とぞはやくお暇《いとま》（十ウ）を」と涙《なみだ》ながらに願《ねが》ひしかば、官左衛門始終《ししう》をきゝ、「さこそあるらめ。さもあらば、今《いま》一夜《や》滞留《たいりう》せよ。われも実否《じつふ》*27を見とゞけん。かならず恐《おそ》るゝ事なかれ」とひたすらにたのみかけ、「其《その》ほうは何気《なにげ》もなくわれよりさきへ帰《かへ》るべし。我《われ》も追《おつ》つけ帰《かへ》らん」と乳母《うば》がかへれば、官左衛門しばらくありて立《たち》かへる。夜《よ》もはや四つ*28になりしかば、乳母は官平いだきあげ、一間《ひとま》に入《いつ》ていつよりも燈火《ともしび》てらし臥《ふし》ければ、官左衛門は身《み》をひそめ、今や〳〵と窺《うかゞ》ふ所《ところ》に、ごそりと音《おと》の聞《きこ》ゆれば、「すはや、こゝぞ」と官左衛門ものかげよりさし（十一オ）のぞくに、犬《いぬ》より余《よ》ほど大いなる赤《あか》き毛《け》のはへたるもの、そろり〳〵と近《ちか》づきよる。

　官左衛門これをみて、「きやつ何にもせよ、一つかみに引裂《ひきさき》すてんずものを」とて目《ま》たゝきもせず見居《みゐ》たる所《ところ》に、紅《くれない》の舌《した》を出《いだ》し、くらひつかんと這《はひ》かゝる。官左衛門飛《とん》でいで、首《くび》すじつかめばふ

26 **こわげたてば**…こわくてたまらなくなるので。

27 **実否**…真実か虚偽か。まことかうそか。

28 **四つ**…午後十時頃。

り帰《かへ》るを、右《みぎ》の手《て》にて両手《りやうて》を握《にぎ》り、何の苦《く》もなく引裂《ひきさけ》ば、「ぎやつ」とはかりに首《くび》ひきちぎり、手足《てあし》ぬきすて乳母《うば》よび起《をこ》し、「これほどのもの音《をと》に目《め》は覚《さめ》ざるか」と尋《たづ》ぬれば、乳母は大息《おほいき》つきながら、「さきほどよりの有《あり》さまゆへ声《こへ》を立《たて》んと思《おも》ひしが、いかゞは（十一ウ）しけん。舌《した》もうごかず声《こへ》も出《いで》ず。偏身《そうみ》は縛《しば》りからむるごとく、其《その》くるしさかぎりなし」とわな〳〵ふるひ、火《ひ》をさしよすれば、大犬《おほいぬ》ほどなる年《とし》ふる猫《ねこ》。

扨《さて》は我子《わがこ》の官平もきやつ取《とり》くらふに違《ちが》ひなしとよく〳〵みれば、十五ヶ年《ねん》官左衛門手飼《てがひ》の猫《ねこ》、去年冬《きよねんふゆ》より失《うせ》けるが*29猫《ねこ》またと成《なり》けるかと寸々《すた〳〵》にして捨《すて》させける。「去《さる》にても痛《いたは》しきは官平なり」とて、涙《なみだ》をながし旦那寺《たんなてら》にいひつかはし、跡《あと》ねん比《ころ》にとふらひけり。

新選百物語巻二終

29 猫また…猫が年老いて尾が二つに分かれ、よく化けて人を害するというもの。人が飼っていた猫が年をとって妖怪化したもの、山中に棲む巨大な獣など、さまざまな言い伝えがある。

［挿絵］二-二-一

「江州草津の官左衛門といふ大力」
「よふくはいをしとめる」

＊官左衛門が旦那寺の鐘を取りはずしているところ。官左衛門の着物は亀甲模様。

[挿絵] 二 - 二 - 二

「うばおとろく」
「ア、こわ《こ》や〳〵」
「ねこまた子をくひころし其子にばけきたりて切ころさる」

＊官左衛門が猫又を仕留めているところ。その近くで乳母が驚いている図。

〈現代語訳〉

鼠《ねずみ》にひとしき乳母《うば》が乳房《ちぶさ》

江州草津では、東山道の名物うばが餅がもてはやされ、知りあいだろうが他人だろうが皆、誰言うともなく、この餅を食わないで死ぬと閻魔王が一つの罪に記すと言うので、老若男女が集まり、ここで足を休めぬ人はいなかった。

さて、大嶋閑斉は、元来若狭の武家であったが、若狭から草津に移り住み、田地を求め、書道を教えていた。六十歳に近い身で穏やかに暮らしているので、誰からも、うらやましがられた。その一子は官左衛門といって、非常に剛勇の人であった。力は万人より優れているけれども、性格はやさしく女のようで、力があるとは見えなかった。

あるとき、官左衛門が下僕に居風呂を焚かせたところ、どうしたことか、軒端が焼けたので、下僕は大いに驚き、さまざまに防いだが、一人の力ではどうすることもできない。火ははやくも勢いがでてきたので、仕方なく声をあげ、主人に知らせた。官左衛門は少しも騒がず、そのまま行って、居風呂を軒端の上に投げ上げたので、水は一度にざっぷりとかかり、火はたちまちにして静まった。

それから月日が経ち、官左衛門は用事があって隣村に行った。その村の旦那寺に長年ある鐘つき堂はことのほか破損していて、近いうちに修理しようといってそのままにして置いたが、その日、急に棟がゆがんで中より折れようとしていた。檀家の者はいずれもこれを見て、「鐘が落ちて割れてしまうので、早く下から木を積んでその上に乗せよう」と、急ぎ村中に知らせ回って上を下へと騒いだ。官左衛門はこれを聞き、「どれほどの鐘なのか見てみよう」と訪問先の主人を伴い寺に行ったが、にっこと笑い、鐘の下に歩みよると、両手をかけそっとさしあげ、上にあるかけがねをはずし、「この鐘をどこに置いたらいいのか」と尋ねる。人々はどうせならと、「客殿の下に置いて下され」と頼んだ。官左衛門は鐘を持ちながら、また十四五間（二五メートルほど）静かに歩み、軒の下に音もせず置いたが、顔の表情は少しも変わらず、手を打ち払って帰った。人々は大いに恐れて、「これは人間のなすことにあらず」と近国で噂になった。

この噂を人づてに知った足利尊氏公が、官左衛門を呼び寄せて、右の話をお聞きになった。何でもいいから力技をご覧になりたいとのご所望だが、ちょうどふさわしい物もないので、次の間へ行き、三尺ばかり（約九〇センチ）の青銅の鬼面の火鉢の灰を払い、左の手で御前の間近くへ持っていき、両手をかけて二つに引き裂き、きれぎれにすると、少しの間にことごとく三寸（約九センチ）ばかりに砕く。その有様は、子どもがせんべいを割るようだ。尊氏公はご覧になり、たいそう感心した。お料理や引き出物などを賜って官左衛門は帰宅した。その後、わざわざ使者が遣わされて、「家臣として召し抱えたい」とのことだけれども、なにを思ったのか、お断わりを申し上げ、浪人として暮らした。

官左衛門の一子に官平といって、その年二歳（満一歳）になる男子がいた。妻は急な熱病で、二月前に亡くなったので、乳母を雇って養育していたが、不思議なことに、ある夜、寝ていた乳母がどこへともなくいなくなった。親里へ早速知らせ、近所へは言うまでもなく、近国へも人を走らせ、ここかしこと尋ねたが行方がわからなかったので、また他から乳母を雇った。四、五日も過ぎたころ、新しい乳母が急に辞めさせてくれと言い出した。わけを詳しく尋ねたけれども、「とにかく、お暇をください」と願い、すぐにも立ち去ろうとする。

たび重ねて乳母を雇い、四、五日も乳をもらい、子も大方馴染んできたころ、思いもよらず、暇の願いを言う。官左衛門は不審の顔色で、「何の事情も言わず、暇を乞うことは、納得がいかない。本心を語れ」と問い詰めたけれど、ひたすら願うので、官左衛門は聞き届け、「それならば、私は今日用事があって外出するので、その間はつとめてくれ。夕暮れどきには帰るだろう。帰ったら、そのまま暇をやろう。しばらく待ってくれ」と、言い捨てて出ていった。その後に、毎日出入りの小百姓六兵衛の妻が来て、乳母に向かい、「そなたの在所の人というのが先ほど参られ、何かお目にかかりたいというので、はやく行ってお逢いになってください。官平様はしばしの間、私へお預けなさい」と子を抱き取り、膝に乗せる。乳母はそのまま六兵衛の家へ急いで行ってみると、在所の人ではなく官左衛門がいて手をあげて乳母を近くに招き寄せた。「その方、急の暇の願い、私には一向に納得がいかぬ。きっと、深いわけがあるのだろう。隠さずに語り聞かせよ」と、さまざまなだめて尋ねると、乳母はさらに近くへさしより次のように語った。

「お話するだけでも身の毛のよだつ恐ろしいことです。私が初めてお屋敷へ参り、二日めの夜半過ぎのこと、ふと目を覚まして、官平様が風邪などおひきなされてはと、抱き寄せてさしあげたところ、官平様の大きさは七、八歳の子ほどになり、全身に毛が生えていると思われたので、これはと思い、よくよく見ると、昼間と変わらぬ寝姿でした。さては夢であったかとその夜も明けましたが、また昨夜の午前二時頃、何かはわからず、私の額ぎわから頭までを牛の舌かと思うようなもので、嘗められるように思われたので、目を少し開いてみると、小牛ほどのものがいました。あらこわや、恐ろしいと官平様を見ましたけれども、あたりにお見えにならないので、さては私が寝入っているうちに喰い殺されたのかと心得て、『官左衛門様、起きてください』と声をあげたところ、そのものは驚き、飛びのいて官平様へと姿を変え、私の懐に入って乳房を吸うありさま。唯今、申し上げるのも、恐ろしい気持ちになるので、どうか早くお暇を」と涙ながらに願った。

官左衛門は一部始終を聞き、「それはさぞや怖い思いをしたことだろう。それならば、今一度、とどまってくれ。私も実否を見届けよう。必ず、軽率なことをするな」とひたすら頼み、「その方はさりげなく私より先に帰るがいい。私も後からすぐに帰ろう」と言い、乳母が帰ると、しばらくしてから官左衛門も帰った。

夜もはや午後十時頃になったので、乳母は官平を抱きあげ一間に入って、いつもよりも燈火を照らして寝たので、官左衛門は身をひそめ、今か今かと様子を見ているところに、ごそりと音が聞こえた。「そら、ここだ」と官左衛門は物陰よりのぞくと、犬よりよほど大きな赤い毛の生えているものが、そろりそろりと近づき寄る。

官左衛門はこれをみて、「あいつめ、何としてもひとつかみに引き裂いてやろう」といってまばたきもせず、見入っていたところに、紅の舌をだし、喰らいつこうと這いよってくる。官左衛門は飛びだして首筋をつかむと、振り返ったので、右の手で両手を握り、何の苦もなく引き裂くと、ぎゃっとばかりに首を引きちぎり、手足を抜き捨てて乳母を呼び起こした。「これほどの物音にもかかわらず、目が覚めないのか」と尋ねると、乳母は大息をつきながら、「さきほどからのありさまゆえ、声をたてようと思いましたが、どうしたのか、舌も動かず声も出ない。全身が縛られたように、苦しさはこのうえない」とわなわな震えている。火をさしよせると、大きな犬ほどの年をとった猫である。

さては我が子の官平をきゃつがとり喰らったに違いない、とよくよく見ると、官左衛門が十五年間飼っていた猫であった。去年の冬より居なくなっていたが、やつが猫又となっていたのかとずたずたにして捨てた。「それにしても、いたわしいのは、官平である」と言って、涙を流して旦那寺に言いつかわし、跡をねんごろに弔った。

〈類話〉

＊『久夢日記』（「延宝四丙辰年五月、中山勘解由」の話）

新選百物語《しんせんひやくものかたり》巻三

○立《たち》かへりしが因果《いんぐは》の始《はしまり》

*1列女伝《れつぢよでん》に云《いはく》、陰徳《いんとく》あるものは陽《やう》これに報《ほう》ずとあれば、陰悪《いんあく》をなすものはまた忽《たちまち》に報《むくゆ》る事掌《たなごゝろ》をかへすがごとし。義《ぎ》の為《ため》に善《ぜん》をなすものはすくなく、慾《よく》のために悪《あく》をなすものは挙《あげ》てかぞへがたし。人として慎《つゝし》むべきは慾《よく》ぞかし。

今《いま》はむかし、*2西国《さいこく》がたの盲目《もうもく》に*3可憐《かりん》といふもの、年来《としころ》、*4伊勢《いせ》参宮《さんくう》の望《のぞみ》ありて、同国《どうこく》の人毎年《まいねん》参宮《さんくう》のとき「何とぞつれ行給《ゆき》はれかし」とたのみけれとも、盲《まう》人の事なれは皆《みな》（一オ）人道中《どうちう》の苦労《くらう》をいとひて同道《どう〱》せざりしかば、可憐《かりん》つねに此《この》ことを口《くち》おしく思《おも》ひて、ある年《とし》の春《はる》、不斗《ふと》おもひ立《たち》、同道《どう〱》人もなくたゞ一人ひそかに国《くに》を出《いで》て、また来《く》る事*5不定《ふぢやう》なれば、*6御門跡《ごもんせき》へも参《まい》らばやと

1 **列女伝に云**…中国・漢の劉向撰。古代から漢代に至る中国婦人の賢母・烈婦などの伝記（七巻）。「陰徳あるものは陽これに報ず」とは、ひそかに善い事を行なえば後日必ずよい報いを受けるの意。『列女伝』巻三の五「孫叔敖母」にある言葉を引いたもの。

2 **西国がた**…近畿から見て西の地方。中国・四国・九州地方。特に九州地方をさすことが多い。

3 **可憐**…未詳。「憐れむべき」の意を踏まえた名か。

4 **伊勢参宮**…伊勢神宮（三重県伊勢市）に参詣すること。お伊勢参り。

5 **不定なれば**…わからないので。

6 **御門跡**…浄土真宗本願寺（京都市下京区）の法主を敬っていう語。

数年来《すねんらい》たくはへし金子《きんす》百両懐中《くわいちう》し、大坂につき一宿《いつしゆく》して、*7寅《とら》の刻《こく》ぞと旅《たび》だちて、行《ゆけ》とあゆめどくらき夜《よ》の道《みち》たづぬへき人もなく、いかゞはせんとたゝずむ折《をり》から、はるかに足音聞《あしをときこ》ゆるにぞ、杖《つへ》を力《ちから》に近《ちか》づきより、奈良《なら》への道《みち》をくはしく習《なら》ひ、刻限《こくげん》を尋《たづ》ぬればまだ夜《よ》はふかし。*8丑《うし》の半刻《はんこく》、南無三宝《なむさんぼう》と（一ウ）おもへども、宿《やど》へ帰《かへ》るもほど遠《とを》し。しつかに行《ゆか》んと又立《またたち》あがり、そろり〱と歩行《あゆみ》し所《ところ》に、*9大和《やまと》の国《くに》のあぶれもの*10斑鳩《いかるが》の伝六とて近国《きんごく》*11名《な》うての悪者《わるもの》あり。殺生《せつしやう》、*12ねだり、博奕《ばくち》を業《ぎやう》とし、さきからさきに寝《ね》とまりして明《あけ》がたの帰《かへ》りかげ、彼盲人《かのまうじん》と行《ゆき》ちがへば、可憐《かりん》人こそさいはゐと立《たち》よりて引《ひき》とゞめ、「私《わたくし》は伊勢参《いせまい》り、それより京都《きやうと》へ出《いづ》るもの。初旅《はつたび》のことなれば道《みち》すじかつて存《ぞん》ぜぬもの。*13南都《なんと》へ出《いづ》る道筋《みちすじ》をくはしく教《おし》へ給はれ」と頼《たの》めば、伝六よく〱みて同道《どう〱》もなき夜《よ》ぶかの道中《どうちう》、盲人《まうしん》に似合《にあは》ぬ事と（二オ）提燈《ちやうちん》あげて姿《すがた》をみるに、拙《つたな》からぬ衣裳《ゐしやう》つき、衿《えり》にさいふの紐《ひも》もみゆれば、「危《あやふ》いかな〱。此海道《このかいとう》無事《ぶじ》には京へ出《いだ》すまじ」と、ねんごろに道《みち》すじおしへ、「

7 **寅の刻**…午前四時頃。

8 **丑の半刻**…午前三時頃。半刻は一刻の半分で約一時間。

9 **大和の国**…畿内の一国で、現在の奈良県にあたる。

10 **斑鳩の伝六**…未詳。斑鳩は奈良の法隆寺付近の場所を踏まえた名か。

11 **名うて**…ここでは、悪名高い、の意味。

12 **ねだり**…ゆすること。

13 **南都**…奈良のこと。

には盗賊多《とうぞくおほ》し。かならずゆだんし給ふな」と声《こへ》をひそめて心《こゝろ》をつけ、*14半町《はんちやう》ばかり過行《すぎゆき》しが、伝六悪心《あくしん》にはかにをこり、ハツと思《おも》ひて立《たち》とまり、「*15宝《たから》の山《やま》へ入《いり》ながら手《て》をむなしくしたりしな。盲目《めくら》の事なり、夜《よ》もまた明《あけ》ず、折《をり》よし傍《そば》に人もなし。天《てん》のあたふるたまものぞ」と*16我《わが》まゝの天よばはり。取《とつ》て帰《かへ》して盲人《まうじん》を引《ひき》とめ、ものをもいはず懐《ふところ》へ手《て》をさし入《いる》れば、盲《まう》（二ウ）人《じん》おどろき、「何ものなれば旅人《りよじん》をとらへ、斯狼藉《かくらうぜき》にはおよぶぞ」と声《こへ》をたつれど少《すこ》しも騒《さは》がず、「この金借《かねかつ》た」と引《ひつ》たくるを、「わたさじもの」とあらそふうち、はや東《ひがし》には横雲《よこぐも》たなびき、旅人《りよじん》の往来程《わうらいほど》なければ、見つけられては一大事《だいじ》と、痛《いた》はしながら*17だんひらもの脇腹《わきばら》に突《つき》こめは、ウンとばかりに*18のり反《かへ》れど、その手《て》にすがりてはなさばこそ、「おのれ此金《このかね》ぬすまんとて、盲人《まうじん》をむごたらしうよう突《つい》た。よう殺《ころ》す。追《をつ》つけ思《おも》ひ知《し》らすべし」と罵《のゝし》れは、せゝら笑《わら》ひ、「この金持《かねもつ》たがをのれが不運《ふうん》。こしやくいはずとくたばれ」と（三オ）刃《は》もの抜《ぬき》とり引《ひき》よせて、*19吭《ふへ》のくさりを切《きり》はなし、伝六さいふ

14 半町ばかり…約五十五メートル。一町は約一〇九メートル。

15 宝の山へ入ながら手をむなしく…「宝の山に入りながら手を空しくして帰る」。利益を得る好機を得ながらそれを逃してしまう。

＊俳諧・毛吹草〔一六三八〕二「たからの山に入りながらむなしくかへる」

16 我まゝ…自分に都合のいいように。

17 だんひらもの…「段平」に同じ。刀身の幅の広い刀。

18 のり反れど…からだがのけぞるけれど。

19 吭のくさり…（人の命のつなぎとなる鎖の意）のど。

＊浄瑠璃・長町女腹切〔一七一二頃〕下「のどのくさりを一刀、うんと斗目もくれなゐのうすもみぢ」

懐中《くはいちう》し、死骸《がい》のかたへは見向《みむき》もせず、「これさへあれば」と立帰《たちかへ》り、博奕《ばくち》にかゝり奢《おごり》をなし半年《はんねん》ばかり暮《くら》せし所《ところ》、いかなる事にや、博奕《ばくち》にうち負《まけ》、「あら残念《ざんねん》や」と思《おも》ふ折《をり》から、男子《なんし》二人有《あり》けるが、六月のすへつかた*20傷寒《しやうかん》を煩《わづら》ひしが、二人共に空《むなし》くなる。

それより次第《しだい》に困窮《こんきう》しければ、何《なに》とぞこの場《ば》を遁《のが》れんとさま〲に思案《しあん》をめぐらし、同村《どうむら》に才治《さいじ》といふ独身《ひとりみ》のものありけるが、眼病《がんびやう》によりて耕作《かうさく》もかなひがたく、按摩《あんま》を業《ぎやう》とし暮《くら》せし（三ウ）に、独身《ひとりみ》の事なれば家内《かない》に費《ついゆ》ることもなく、段《だん》〲と銀子《ぎんす》を貯《たくは》へ諸人《しよにん》に借《かし》つけ利潤《りじゆん》をとり、安楽《あんらく》に世《よ》をわたれり。

伝六屹《きつ》と心《こゝろ》つき、つねに懇意《こんゐ》の中《なか》なれば、さいはゐこれに嘆《なげか》ばやと、或夜《あるよ》、伝六ひそかに行《ゆき》、困窮《こんきう》のよしくはしくかたり、「金子《きんす》二両あらざれば、夫婦《ふうふ》の者《もの》とも当所《とうしよ》を去《さり》、乞食《こつじき》となる外《ほか》なし。ひとへに救《すく》ひ給はれかし。*21返弁《へんぐ》は来月限《らいげつきり》すこしも相違《さうゐ》いたすまじ」と涙《なみだ》をながしたのみければ、才治始終《しじう》を聞《きゝ》とゞけ、「*22鬼《おに》もあざむく強気《がうき》の伝六、なみだをながすはよく〲ならん」と金

20 **傷寒**…昔の、高熱を伴う疾患。熱病。いまのチフスの類。
＊病名彙解〔一六八六〕六「傷寒 冬寒に傷られて即病を傷寒と云り。」

21 **返弁**…借りたものをかえすこと。返済。

22 **鬼もあざむく**…鬼もかなわぬほど強くたくましい、の意。
＊出世景清・第三「鬼をあざむく景清も、不覚の涙を流しける」

子を弐両とり出《いだ》し、「かならず*23切《きり》を違《ちが》ゆるな」とわたせば、その手《て》を戴《いたゞい》て、「唯今《たゞいま》の御厚恩《かうをん》、忘却《ばうきやく》はいたさじ」と*24厭《あく》まで追従《ついしやう》いひちらし、帰《かへ》りはすぐに博奕《ばくち》仲間《なかま》。当分《とうぶん》はつゝきしが、一月あまりにもとの手《て》と身《み》。いまはちからも尽《つき》はてゝ、諸方《しよはう》を*25かたりて一日暮《くら》しどふかかふかと思案《しあん》の最中《さいちう》。才治かたより毎《まい》日催促《さいそく》、返答《へんたう》にあぐめども、ぬけつくゞりついひのばせしが、才治も今《いま》は待《まち》かねて、*26胸《むね》を定《さだ》めて居《ゐ》催促《ざいそく》。伝六すこしも騒《さはが》ばこそ、横《よこ》にころりの手枕《てまくら》に*27取合《とりあへ》もせぬ世間《せけん》ばなし。才治は聞《きく》にかんにんならず。*28詞《ことば》するどに催促《さいそく》すれば、伝六は、（四ウ）〔挿絵〕起《をき》なをり、「さきほどよりの詞《ことば》の段《だん》〳〵、余所《よそ》の事ぞと思《おも》ひしに、今《いま》の詞《ことば》のはし〳〵に、此《この》伝六に金貸《かねかし》た。そなたは夢《ゆめ》てもみやつたか。外《ほか》の人ならゆるしはせねど、*29目《め》の疎《うと》ひ正直《しやうぢき》もの。夢《ゆめ》ならはやく目《め》を覚《さま》しや。外《ほか》でいふたらゐらからふ」と思《おも》ひのほかの返答《へんたう》なれども、慈悲《じひ》と義理《ぎり》とに貸《かし》たる金子《かね》。証文《しやうもん》とてもなき事なれば、強《つよ》くかゝらばあしかりなんと詞《ことば》をやはらげいふて見れば、猶《なを》〳〵見すかすうち*30冑《かぶと》。

23 **切**…約束の期限のこと。

24 **厭まで**…これ以上ないというほどに。

25 **かたりて**…人をだまして、金品などをとって。

26 **胸を定め居催促**…覚悟を決めて、その場にすわり込んでの催促。＊浄瑠璃・神霊矢口渡〔一七七〇〕三「サアどふだどふだと二人して恋の手詰の居催促、聞程つらき身の難儀」

27 **取合もせぬ**…取り合うこともせずに。

28 **詞するどに**…語気鋭く。

29 **目の疎ひ**…目がよく見えないこと。

30 **うち冑**…うちかぶとを見透かすとは相手の内情や弱点を見抜くこと。

31 **もむ**…何かを強要したり、激しく責めたてたりする。
32 **あやまりました**…おそれいりました。
33 **場につくばひ**…土間に平伏して。
34 **三ぶくつぎ**…三服継。一度に三服分のタバコを詰められる火皿をもったキセル。三服詰。
35 **骨髄に徹し**…骨の髄までしみこむ。耐え難い怨恨の情の表現に用いる。
36 **しほ〳〵と**…気落ちして力が抜けたさま、元気なくしおれたさまを表わす語。
37 **九寸五分**…長さ約二九センチ。
38 **手づから**…みずから。自分で。
39 **そゝりかゝれば**…下手に出る。誘いしかける、の意か。
40 **おもたせ**…御持物の略。贈り物、手土産を、それを持ってきた人を敬っていう語。多く、それを持ってきた客にすすめるときに用いる。
41 **のつけにそりかへれば**…あお

「古いかたりをしかけるな。素人《しろと》を*31もむとはいかふ違ふ*32あやまりました。御かんにん」と*33場《には》につくばひ、「早帰《はやかへ》れ（五オ）。いやといふと*34三ぶくつぎ煙管《きせる》のむね打《うち》くらふか」と肩《かた》さきとつてつき落《おと》せば、才治はざんねん口《くち》おしさ胸《むね》にせまれば、詞《ことば》も出《で》す。*35骨髄《こつずい》に徹《てつ》し、腹《はら》はたてども、すべきやうなく、涙《なみだ》を飲《のみ》こみ、*36しほ〳〵として帰《かへり》しが、思《おも》ふて見るほど堪忍《かんにん》ならず、生甲斐《いきがゐ》なき今宵《こよひ》の始終《しじう》と突《つき》つまりたる。

*37九寸五分《ぶ》袖《そで》にかくして、酒《さけ》をとゝのへ、樽《たる》を引《ひつ》さげ出《いで》て行。伝六に対面《たいめん》し、「先《さき》ほどはいな事にてよしない腹《はら》を立《たて》させまし、たゞ今《いま》の後悔《こうくはい》さ。それゆへ、*38手《て》づから酒《さけ》もつて機嫌《きげん》なをしに参《まい》りました。万事《ばんじ》はゆるして下《くだ》され」と*39そゝり（五ウ）かゝれば、伝六莞尓《につこり》、「そふおいやれば我等《われら》もさつばり。どれ、*40おもたせ」と茶碗《ちやわん》に引《ひき》うけ二三盃《ばい》、酒《さけ》のまはりの加減《かげん》を見合《みあは》せ、かくし持《もち》たる小脇指《こわきざし》、肋《あはら》の下《した》をぐつとさせば、ウンと*41のつけにそりかへれば、目《め》のうときかなしさは、しすましたりと心《こゝろ》に悦《よろこ》び、すぐに脇指《わきざし》と

むいて後ろへそりかえる。のけぞる。

42 **しもと**…刑罰の具。木の若枝でつくったむち、または杖。また、それで打つ刑。

りなをし、をのれが吭《ふへ》をかき切《きっ》て、腑臥《うつぶし》になり死《しゝ》たりしが、伝六は深手《ふかで》の疵《きづ》のめりくるしむ。其声《そのこへ》に、所《ところ》のもの共《ども》よりあつまり、さま〳〵に養生《ようじやう》せしが、ある日《ひ》伝六諸人《しよにん》にむかひ、「これぞ全《まつた》く悪業《あくごう》のつもり〳〵て此苦痛《このくつう》。何をかくさん今年《ことし》の春《はる》、盲目《もうもく》を切殺《きりころ》し、懐中《くはいちう》（六オ）の金子を盗《ぬす》む。其罸《そのばつ》のめぐり来《き》て、才治に切《きら》れし其夜《そのよ》より、盲人《まうじん》の姿《すがた》あらはれ出《いで》、*42しもとをもつて我を責《せむ》。その痛《いたみ》たへがたし」。

かゝる噺《はなし》を聞《きく》につけ、「かならず悪事《あくじ》をし給ふな」といふ中《うち》に、「あら痛《いた》や。いたや〳〵」と、夜昼《よるひる》わかず七日が間《あいだ》、苦痛《くつう》して湯水《ゆみづ》も通《とほ》らず、死《し》したりし。

伝六が遺言《ゆいごん》ばなし、書《かき》しるせしを直《ぢき》に写《うつ》せしものがたり。

［挿絵］三 - 一 - 一

「西国《さいごく》がたの盲人《もうじん》いせさんぐうの道に夜《よ》ふかにいでころさる」
「ばくちうちいかるがの伝六　もうじんのかねをみつけきりころしうはゐとる」

＊盲人可憐の金を伝六が奪い取り、可憐を殺害。
伝六が左手に持っているものは可憐の財布。

［挿絵］三-一-二

「ばくちうち伝六　才治かかねをかりかへさすして手をおふ」
「才治もうもくゆへしそんしじかいして一ねん伝六をとりころす」

＊才治は伝六の家に酒を持参し、金を返さない伝六を短刀で刺した。

〈現代語訳〉
立《たち》かへりしが因果《いんぐわ》の始《はしまり》

『列女伝』に言うように、人知れず善いことを行なう者には必ず善いことが返ってくるので、悪いことをする者にたちまち悪いことが返るのは、手のひらを返すように当然だろう。義のために善をなす者は少なく、欲のために悪をなす者は数えられないほど多い。人として慎むべきは欲である。

今は昔、西国に盲目の可憐という者がいた。長年、伊勢神宮へ参拝したいと望み、同国の人が毎年参宮するときに「どうか、一緒に連れて行ってくれ」と頼んでいたけれども、盲人のため、皆は道中の苦労を嫌がって同道しなかったので、可憐はいつも残念に思っていた。ある年の春、ふと思い立って、同道する人もないまま、ただ一人でひそかに国を出た。またいつ来れるかわからないので、本願寺へも参拝しようと、数年来貯えた金子百両を懐中し、大阪に一泊して、寅の刻と思って旅立った。行けど歩めど暗い夜の道で、道を尋ねられる人もなく、どうしようかとたたずんでいた時、遠くから足音が聞こえた。杖を頼りに近づき、奈良への道を詳しく教えてもらい時間を尋ねると、まだ深夜だった。

丑の半刻なので、しまったと思ったけれども、宿へ帰るにはほど遠い。まだ早いのでゆっくり行こうとまた立ちあがり、そろりそろりと歩んでいくと、大和の国のならず者としてよく知られた斑鳩の伝六という悪者がいた。彼は、殺生、ゆすり、博奕を業として、行く先々で寝とまりをし、明け方の帰りがけに、可憐と行きちがった。

可憐は、人に会うとは幸いと彼を引きとめて、「私は伊勢参りをしてから、京都へ出る者だが、初旅のことで、道筋がまったくわからないので、奈良へ出る道を詳しく教えてください」と頼んだところ、伝六は可憐をよくよくみて、同道する者もない深夜の道中は、盲人に似合ぬことと提灯をあげて姿をみると、衣装も立派で、襟には財布の紐も見えた。危ない危ない、きっと無事には京都へ到着できないだろうと思って、親切に道筋を教え、「この街道には盗賊が多い。決して油断しなさるな」と声をひそめて気をつけさせた。

半町ばかり行き過ぎたが、伝六は悪心が急に生じ、「はっ」と立ち止まり、よい機会にあいながら、その望みを逃してしまうとは、と思い、盲目であるし、夜もまだ明けないし、折もよくそばに人もいない。天が与えたよい機会だと、自分勝手に天呼ばわりをする。引きかえして、盲人を引きとめ、ものをも言わず懐へ手をさし入れると、可憐は驚き、「何者だ。旅人をとらえてこのような狼藉をするのは」と声を上げたけれども、少しも騒がず伝六は、「この金もらった」と引ったくる。「渡さないぞ」と争ううちに、早くも東の空には横雲がたなびき、旅人の往来も増えてくるので見つけられては一大事と思い、気の毒ではあるが、刀を脇腹に刺した。「ウン」と言ってのけぞりかえるけれど、手にすがって離しはしない。

「おのれ、この金を盗もうと思って盲人をむごたらしく、よくも突いたな、よくも殺そうとしたな。

すぐに思い知らせてやる」と罵ると、伝六はあざ笑って、「この金を持ったのがお前の不運。こざかしいことを言わずに早くくたばれ」と刃物を抜きとり、引きよせてのどぶえを切った。伝六は財布を懐にして死骸の方へは見向きもせず、これだけあればと賭場に引きかえし、博奕に使って奢りをなした。こうして半年ほど暮らしていたが、どういうことだろうか、博奕にうち負け「あら残念や」と思うちょうどその頃、息子二人が、六月末から熱病を煩って、二人とも亡くなった。

それから次第に困窮したので、何とかこの窮地をのがれようとさまざまに思案をめぐらした。同村に才治という独身の者がいたが、眼病で耕作もできず、按摩を業として暮らしていた。独身なので家の中にお金がかかることもなく、だんだん金を貯えて諸人に借しつけ、利子をとって穏やかに世をわたっていた。伝六は「はっ」と思い付き、才治とはいつも懇意にしているので、幸いなことに頼めば叶うだろうかと、ある夜、伝六はひそかに訪ね、困窮の旨を詳しく語り、「金子二両がないので、夫婦してここを去り、乞食となるほかない。なにとぞお助けください。返済は来月の期限をすこしも過ぎることなくいたします」と涙をながして頼んだ。才治は始終を聞き、鬼もかなわぬほどの強気な伝六が涙を流すのはよほどのことだろうと金子を二両とり出し、「必ず約束を裏切るなよ」と渡すと、その助けを仰いで、「ただ今の御厚恩、忘れはいたしません」とこれ以上ないほどこびへつらって、帰りにはすぐに博奕仲間のところへ行く。一月は続いたが、すぐに元の身の上となった。今は力も尽き果てて、あちこちで人をだまし、金品をとって一日を暮らし、どうしようかこうしようかと思案の最中。才治からは毎日催促され、返答に困るけれども、なんとか切り抜けて期限を先延ばしにしたが、才治も今は待ちかねて、覚悟を決め、その場に居座ってしつこく催促する。伝六はすこしも騒がず、ごろりと横になって、手枕にもたれ、相手にもせずに世間話をしている。

才治は聞くのも我慢できず、とげとげしい言葉で催促すると、伝六は起き直り、「さきほどからの言葉の次第、よそのことかと思ったが、今の言葉の端々に、この伝六に金を貸したという。そなたは夢でも見ているのか。ほかの人なら許しはしないけれど、目がよく見えない正直者だから、夢ならはやく目を覚ましな。外で言ったら大変なことになるだろう」と、思いがけない返答。けれども、慈悲と義理から貸した金子だから、証文もないので、強くいったら悪いだろうと言葉をやわらげて言っておけば、ますます足もとをみる。伝六は、「時代遅れの詐欺をするな。素人を激しく責めるとは、たいへん恐れ入りました。堪忍してください」と土間にはいつくばい、「早く帰れ。嫌と言うなら、三服継の煙管のむねで叩いてやろうか」と、肩さきをつかんでつき落とした。才治は無念、口惜しさが胸につまり、言葉も出ず、本心では深く恨んだが、どうするべき方法がなく、涙を飲みこみ、気落ちして帰ったが、考えてみるほど我慢できず、どうせ生甲斐のない今宵の始終だと思いつめた。

短刀を袖に隠した才治は酒をととのえ、樽を引さげ出かけて行った。伝六に対面して、「先ほどはつまらないことで腹を立てさせてしまい、ただいま後悔しております。それゆえ、みずから酒を持ってきて機嫌を直してもらいに参りました。万事許して下され」と下手に出ると、伝六はにっこり。「そうおっしゃるなら、私も気が晴れました。どれ、お持たせを戴きましょうか」と茶碗に注ぎ、二三盃。才治は酔いがまわる頃合いを見はからい、隠し持った小脇指を伝六の肋の下にぐっと刺すと、

「うん」とのけぞりかえる。才治は目がよく見えないかなしさで、なしとげたと心で悦び、すぐに脇指を取り直し、自分ののどをかき切って、うつぶせになって死んだ。

伝六は深手の傷のため、倒れ苦しむ。その声に近所の者たちが寄り集まり、いろいろと養生させたが、ある日、伝六は諸人にむかい、「これはすべて、悪業が積もり積もって、このような苦痛を味わうことになったのです。今年の春、盲人を切殺し、懐の金子を盗んだその罸がめぐって、才治に切られたその夜から、盲人の姿が現れ出し、鞭で私を責め、その痛みは耐え難い。このような話を聞くにつけ、かならず悪事をしなさるな」と言ううちに、「あら痛や。痛い、痛い」と昼夜の区別なく、七日間苦痛で湯水も飲めずに苦しんで亡くなった。

これは、伝六の遺言ばなしを書き記したのをすぐに写した物語である。

〈類話〉

＊『因果物語』〔寛文元年（一六六一）〕巻三の十二「座頭の銀を盗て、盲目に成たる事」／『古今犬著聞集』〔貞享元年（一六八四）〕巻八「座頭の官金を盗、盲目成事」／『本朝二十不孝』〔貞享三年（一六八六）〕巻二の二「旅行の暮の僧にて候」／『善悪報はなし』〔元禄頃〕巻二の第五「人をころしかねを取むくひをうくる事」　など

○女《をんな》の念力夢中《ねんりきむちう》の高名《かうみやう》

*1よつ引《ぴい》てひやうど射《い》る。其矢《そのや》すなはち巌《いはほ》にたちしも孝《かう》の一念《ねん》、子《こ》の親《おや》を思《おも》ふは天《てん》の道《みち》なれども（六ウ）、彼《かれ》を見《み》これを聞《きく》につけても親《おや》の子《こ》を思ふほどにはなきものそと枕引《まくらひき》よせ、「*2地をはしる獣《けだもの》、そらをかける翼《つばさ》まで、親子《おやこ》のわかれ」と、*3藤戸《ふぢと》の曲舞《くせまひ》をやりかけし折《をり》から、「御在宿《ざいしゆく》か」といふ声《こへ》は不断《ふだん》聞《きゝ》なれし甚蔵どの。「サアお通《とほ》り。珍《めづ》らしいはなし。昨日《きのふ》、立玄老《りうげんらう》に聞《きゝ》ました。誰《たれ》ぞかなと待《まち》し所《ところ》、さいはいの*4御来駕《らいが》。イザおたばこ。節句《せつく》まへもちかひが定《さだめ》てよろしき仕廻《しまひ》ならん」といふに、甚蔵*5かしらを掻《か》き、「神仏《かみほとけ》を頼《たのみ》ても去《さり》とは運《うん》も来《こ》ねばこぬもの、なか〱埒《らち》はあきませぬ」といふをうち消《けし》、それは心《こゝろ》のぐれつくゆへ何《なに》（七オ）事も一心《しん》にいのらはなどか成就《しやうじゆ》せざらん。きのふの噺《はなし》も*6一心から余《あま》り

1　**よつ引てひやうど射る其矢すなはち巌にたちしも孝の一念**…謡曲『放下僧』「番へなる矢なればよつぴいて放つ。此矢すなはち巌をに立ち。忽ち血流れけるとなり。これも孝の心深きにより。堅き石にも矢の立つと申し候へば」を踏まえる表現。

2　**地をはしる獣そらをかける翼まで親子のわかれ**…謡曲『天鼓』「地を走る獣。空を翔る翅まで親子のあはれ知らざるや」を踏まえる表現。

3　**藤戸の曲舞**…藤戸は謡曲。死んだわが子を返せと老母が迫る場面がある。曲舞とは南北朝時代から室町初期にかけて流行した芸能。

4　**御来駕**…他の人を敬って、その人が訪問することをいう語。ご訪問。

5　**かしらを掻き**…心の落ち着かない時の動作にいう。

6　**一心から余りで**…一心に祈った褒美として、の意。

でどふやら虚言《うそ》らしけれど直《しき》に見たとの*7また伝《づて》ばなし。

今《いま》はむかし、*8上野《かうづけ》の国《くに》天王村とかやいふ所に*9長井玄順《ながゐげんじゆん》とて*10本道外科《ほんどうげくわ》を相兼《あいかね》たる医者《いしや》ありて、一子《し》の名《な》を*11玄的《げんてき》といひけるか、此所に*12伽藍跡《がらんあと》といふ所ありて桜四方《さくらよも》に咲《さき》みだれ、散《ちり》もせず、咲《さき》も残《のこ》らぬ最中《さいちう》なれは、ある日《ひ》、藤田《ふじた》大助といふ浪人《らうにん》の嫡子《ちやくし》幸内といふ人を同道《どうく》にて伽藍《がらん》跡へ行けるに昼《ひる》すぎまて幸内は用事ありて、玄的《げんてき》とわかれ先《さき》へ帰《かへ》りぬ。玄的はあとに残《のこ》り（七ウ）暮《くれ》にいたれど、帰らざれば、玄順《げんしゆん》夫婦《ふうふ》は待《まち》かねて、幸内かたへ人をつかはし、「玄的いまだ宿に帰《かへ》らず。今日《けふ》其元《もと》わかれ給ふいづかたにて有しや」と尋ねにあづかり幸内たち出《いで》、「*13経堂《きやうだう》のほとりにて御わかれ申せしが、西の門にて見かへれは、はや、いづちへか行給ひし、御姿《すかた》はみへさりし」と返答聞《へんとうき》て、玄順夫婦《ふうふ》「それ尋《たつ》ねよ」と*14家僕《けらい》にいひ付、残《のこ》る方なく尋《たづ》ぬれども、人音《をと》とても聞《きこ》へねば、初夜《しよや》まへにたち帰へり、「伽藍跡《がらんあと》はいふに及はず、御知音《ちいん》がた*15隣郷《りんがう》まて、残《のこ》る方《かた》なく尋《たづ》ぬれとも、御行方《ゆきかた》しれがたし」と息《いき》つぎあ

7 **また伝ばなし**…人づてに聞いた話。

8 **上野の国天王村**…上野の国は現在の群馬県にあたる。天王村は未詳。

9 **長井玄順**…未詳。

10 **本道外科**…本道は漢方で内科をいう。内科と外科。

11 **玄的**…長井玄順の息子。「玄的といへる医師」（『是楽物語』下）など、医者に付ける名。

12 **伽藍**…寺の建物の総称。寺、寺院。

13 **経堂**…寺院で、経典を納めておく建物。

14 **家僕（けらい）**…江戸時代、庄屋、地主の従者、小作人、家抱、また商家での雇人などの称。

15 **隣郷**…近くの村落。

へす告《つげ》ければ、夫婦は大に驚《おとろ》（八オ）きて、「これたゞ事と思《おも》はれず、まづ[16]法印《ほういん》へ占《うらな》はせ、方角《ほうがく》もとめて尋《たづ》ねん」と夫婦《ふうふ》うち連《つれ》はしりゆき、法印に対面《たいめん》し、今朝《けさ》よりの始終《じう》の様子《ようす》つぶさに語《かた》れば、法印うなづき、[17]『梅花心易掌中指南八卦大全《はいくわしんえきしやうちうしなんはつけだいぜん》』とり出《いだ》し、さし俯《うつふい》てしばらく考《かんか》へ、「はつ」と斗《はかり》に手《て》を打て、「一大事《だいじ》〳〵。玄《げん》的老《てきらう》、今日《こんにち》は[18]終命《しうめい》の卦《け》にあたれり。[19]火性《ひしやう》の生《うま》れ、火克金《くはこくきん》の事なれば剣難《けんなん》には気《き》づかひなし。恐《おそ》るべくは水難《すいなん》なり。夜半《やはん》は子《ね》の刻《こく》、[20]坎中連《かんちうれん》の卦《け》にあたれば、水克火《すいこくくは》の慎《つゝし》みあり。[21]四《よ》つ半《はん》までに出《いて》されは、一命《めい》のほど覚束《おぼつか》なし。時《とき》いま[22]戌《いぬ》の（八ウ）上刻《しやうこく》なれば、しだひに水《みつ》にちかよるべし。[23]戌亥《(い)ぬゐ》のかたを尋《たづ》ねて見給へ。十が九ッ、狐《きつね》の所為《しよゐ》」と詞《ことば》をはなつて、占《うらな》へば、玄順《げんじゆん》夫婦《ふうふ》とほうにくれ、[24]涙《なみだ》かた手《て》に[25]庄官《しやうや》へ訴《うつた》へ、村中《むらぢう》たのみて人をやとひ尋《たづ》ねてみれとも死骸《しがい》も出《いで》ず。

夜《よ》もしら〳〵と明《あけ》わたれば、玄順夫婦は狂気《きやうき》のごとく、行《ゆき》つ帰《かへ》りつ見めぐる折《をり》しも、誰《たが》いふとなく「[26]千歳池《せんざいいけ》に玄的老《げんてきらう》の草履《ざうり》

16 **法印**…中世以降、僧侶の称号に準じて、儒者・仏師などに授けられた称号。

17 **梅花心易掌中指南八卦大全**…『類聚参考梅花心易掌中指南』（元禄十年刊、馬場信武）五巻五冊。心易に関する知識や占法、八卦について紹介。

18 **終命の卦**…終命は、自然の寿命。

19 **火性の生れ火克金**…火性は（五行説の火の性から）激しやすい気性。火克金は、五行相剋の一つ。火は金に剋つこと。

20 **坎中連の卦**…「此卦にあたる年は坎の卦といひて坎は北に水をつかさどる卦也惣じて水下へくゞりてやすく上へわたりがたし其ごとくに此卦へあたれば身上くだりやすく立身しがたし」（『両面重宝記』〔寛延六年（一七五三）板〕「当卦吉凶をしる事」）とある。水克火は五行相剋の説で、「水は火に剋つ」とい

うこと。

21 **四つ半**…午後十時過ぎ頃。

22 **戌の上刻**…午後八時前後。

23 **戌亥のかた**…北西。

24 **涙かた手に**…涙ながらに。泣きながら。

25 **庄官**…江戸時代、領主の命によって、代官・郡代のもとで、納税の監督、農耕の指導、人事の管理などを行なったもの。庄屋。名主。肝煎。

26 **千歳池**…千歳郷は鎌倉期から室町期に見える新田荘内の郷。そこにあった池か。現在の群馬県新田郡尾島町。

27 **鼈井戸**…未詳。

28 **野辺の煙**…火葬の煙。弔うこと。

29 **魘（おそ）はれ**…うなされ。

30 **文庫**…書冊・雑品などを入れておく手箱。文庫箱。

31 **ばし**……でも。

＊近代百物語・巻五の一「夢ばし見つるか、正気をつけよ」

が片足《かたし》」と聞《きく》と、皆《みな》〳〵池《いけ》に飛入《とびいり》、上《うへ》を下《した》へと探《さが》せ共《ども》、これぞと思《おも》ふ者《もの》もなく、いかゞはせんといふ所に、「[*27]鼈井戸《すつぽんゐど》にもまた片足《かたし》」といふに人〳〵さし覗《のぞ》けば、実《げに》も詞《ことば》にちがひなく（九オ）、さかさまに陥《をちいつ》てあへなくなりし。死骸《しがい》を取《とり》あげ、薬《くずり》を用《もち》ひ灸治《きうち》をすれども、聾《つんぼ》にさゝやくごとくなれば、二人の親《おや》は人目も恥《はぢ》ず声《こへ》をあげ、いだきつき泣《なげ》とさけべとその甲斐《かい》のなきをあきらめ、玄順は宿《やど》に帰《かへ》りて葬送《さう〳〵》し、[*28]野辺《のべ》の煙《けふり》となしけるが、女こゝろの解《とけ》やらぬ母親《はゝおや》は食事《しよくじ》をもせず、一間《ま》の中《うち》に引こもりなげきくらし泣《なき》あかし、「おのれ敵《かたき》をとらでは」と罵《のゝし》り怒《いか》り正躰《しやうだい》なければ、玄順はさま〳〵に諌《いさめ》てみれども聞《きゝ》いれざりしが、四五日すぎて夜半《やはん》まへ、内室《ないぎ》は大に[*29]魘《おそ》はれて傍《そ》に（九ウ）［挿絵］ありあふ硯《すゞり》ばこ、[*30]文庫《ぶんこ》、きせるに至《いた》るまで手《て》にあたるを幸《さいはい》にうちわり抛《なげ》うち近所《きんじよ》に響《ひゞ》く騒動《さうどう》に、玄順も夢《ゆめ》さめて、「このごろの愁嘆《しうたん》ゆへ、労《つかれ》に夢《ゆめ》[*31]ばし見つるか」と引とゞむれば、ふりはなち猶《なを》〳〵募《つのる》その有《あり》さま。ふすま障子《しやうじ》に抓《つかみ》つき、「あらうれしや」といふかと思《おも》へば横《よこ》にころりの高鼾《たかいびき》。玄順も興《きやう》をさまし、「多《おほ》く譫《ねごと》も聞《きゝ》たれども、かくすさましきは今日がはじめ、起《おこ》してみん」と紙燭《しそく》に火《ひ》をつけ傍《そば》に立《たち》より顔《かほ》をながめて、「是《これ》はいかに。*32吻《くちわき》より衽《えり》ぎは迄《まで》一円《えん》に血《ち》まみれなれば、扨《さて》は最前譫《さいせんねごと》のうち舌《した》（十オ）をくひしか、痛《いた》はしや」と引おこし、疵《きづ》を見れとも舌《した》にも別条《べつでう》あらざれば、どふかこふかと不審《ふしん》の所に、内室《ないぎ》は夢《ゆめ》を思《おも》ひ出《いだ》し、夫《おつと》にむかひ声《こへ》をひそめ、「最前《さいぜん》、とろ〳〵眠《ねふ》る夢《ゆめ》に伽藍《がらん》跡《あと》の東《ひがし》の堤《つゝみ》に敵《かたき》の狐《きつね》が居《ゐ》ると聞《きゝ》て、おのれ生《いけ》ては置《をく》まじと走《はし》り行《ゆき》て、狐に抱《だき》つき、組《くん》づころびつしたりしが、狐も命《いのち》のかぎりなれば、逃《にげ》ん〳〵ともがきしを、折《をり》ふし刀《はもの》は持《もち》あはさず、狐の*33吭《ふへ》に咀《かみ》つきて*34念《ねん》なう殺《ころ》して、アヽうれしやと思ふ所を起《おこ》されし。此血《ち》のつきしはたしかに正夢《まさゆめ》。東《ひがし》の堤《つゝみ》を見給へ」と語《かた》れば、玄順合点《がてん》は（十ウ）ゆかねど、また血《ち》のつきしも不思議《ふしぎ》なれは、堤《つゝみ》をさして急《いそ》ぎ行《ゆぎ》見れば、年《とし》ふる古狐《ふるきつね》吭《ふへ》をくはれて死《し》したりしと。女の*35念力岩《ねんりきいは》をも通《とほ》す。これを聞《きい》ても甚蔵との随分《ずいぶん》御精《せい》を出《いだ》されませい。

32 **吻**…口のあたり。口の両わき。

33 **吭**…のどぶえ。

34 **念なう**…たやすく。

35 **念力岩をも通す**…全く不可能と思われることも、心を集中して精一杯事に当たれば成し遂げられないことはない。思う念力岩をも徹す。一念岩をも徹す。

［挿絵］三-二-一

＊右図は絵、文字ともに不明。

［挿絵］三‐二‐二

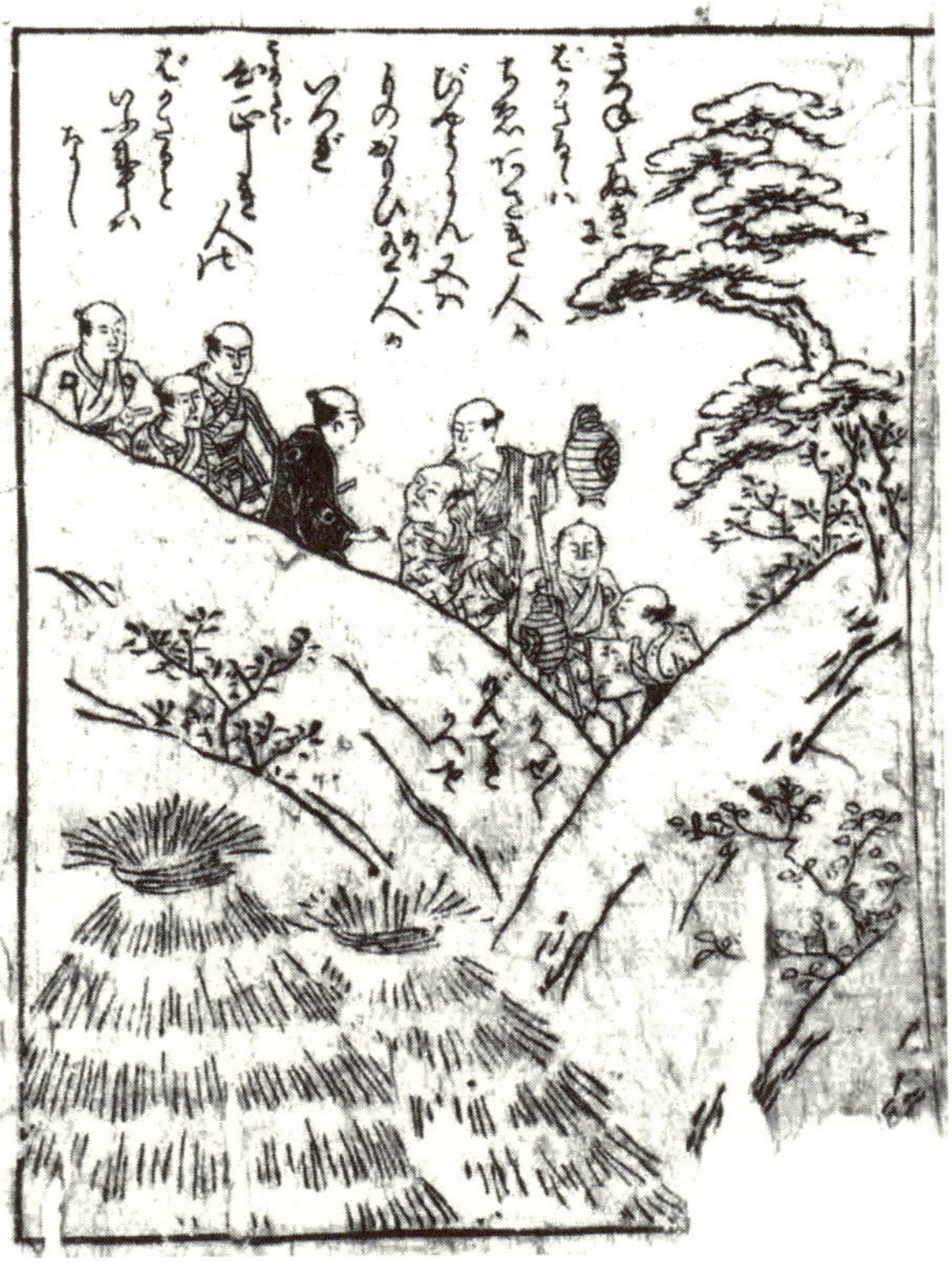

「きつねたぬきにばかさるゝはちゑあさき人かびやうにん又はものおもひ有《ある》人かいづれ心正《こゝろたゞ》しき人のばかさるといふ事はなし」
「かへせ〳〵げんてきかへせ」

＊長井玄順夫婦の一子玄的の行方を村の人々が提灯をかかげて捜しているところ。

［挿絵］三-二-三

「ゐしやげんてきつねにばかされ池《いけ》に身《み》をなげる」
「よし〳〵是はおもしろい」
「サアこのいけの中であそびんか」

＊医者玄的が狐に化かされ、池の中へと誘い込まれている図。

〈現代語訳〉女《をんな》の念力夢中《ねんりきむちう》の高名《かうみやう》

弓を十分に引き絞って射る。その矢が岩に達するのも孝行の一念によるものである。子が親を思うのは天の道理であるけれど、いろいろと見聞きするにつけても、親が子を思うほどではないものだと、枕を引き寄せ、「地をはしる獣、そらをかける翼まで、親子のわかれ（獣や鳥でも親子のわかれの哀れを知っている）」と「藤戸」の曲舞をやりかけた時、「ご在宅ですか」と呼ぶ声は、ふだん聞きなれた甚蔵殿だ。「さあ、お入りなさい。珍らしい話をお聞かせしましょう。昨日、立玄老に聞きました。誰か来ないかなと待っていたところだ、折よい御訪問。さあ、おたばこをどうぞ。節句前の清算もきっとうまくかたがつくでしょう」と言うと、甚蔵は頭を掻き、「神仏に頼んでも、さてもまあ、運も来なければ来ないもので、とうてい、埒があきません」と言うのをうち消し、「それは心がぐらつくゆえだ。何事も一心に祈らなければ成就しないでしょう。昨日の噺も一心から祈った褒美で、どうやら虚言らしいけれど、じかに見たとの又聞話。」

今は昔、上野の国天王村とかいうところに、長井玄順といって内科と外科を兼ねている医者がいた。その子の名は玄的とかいう名前だ。このあたりに伽藍跡というところがあって、桜が周囲に咲きみだれ、散りもせず、咲き残らないほど真っ盛り。ある日、藤田大助という浪人の嫡子幸内という人を同道して、伽藍跡へ行ったが、昼すぎほどに幸内は用事があって、玄的と別れて先へ帰った。あとに残った玄的が日が暮れても帰らないので、玄順夫婦は待ちかねて、幸内のほうへ人を遣わし、「玄的がまだ家に帰ってこないのだが、今日、あなたが別れたのはどこでしたか」と尋ねた。幸内は「経堂のそばでお別れ申しましたが、西の門で振り返ると、はやどこかへ行きなさったようで、お姿は見えなかった」と答えた。その返答を聞いて、玄順夫婦は、「それ、探せ」と家来に言い付け、くまなく探したけれども、人の気配もなく、午後八時頃前には帰った。家来は「伽藍跡は言うまでもなく、お知り合いや隣村まで、すべて尋ねたけれども、行方はわからなかった」と息継ぎもしないで告げたので、夫婦はたいへん驚いて「これはただごとではない。まず法印に占わせ、方角を求めて探そう」と夫婦そろって駆け込み、法印に対面して今朝からの一部始終の様子をつぶさに語ると、法印はうなずき、『梅花心易掌中指南八卦大全』をとり出し、さしうつむいてしばらく考え、「はっ」とばかりに手を打って、「一大事、一大事。玄的老、今日は終命の卦にあたっている。火性の生まれで、火克金なので剣で殺されるような災難には心配ない。恐れることは、水難である。夜半は子の刻に、中連の卦にあたるので、水克火の気をつけることあり。四つ半までに探しださないと、一命のほどが気がかりだ。時刻はまだ戌の上刻なので、しだいに水に近寄るだろう。戌亥の方角を尋ねてみてください。大方、狐の仕業だろう」と占った。玄順夫婦は途方にくれ、泣きながら庄屋へ訴え、村中に頼んで人を雇い、探してみたけれども死骸も出ない。

夜も次第に明けわたると、玄順夫婦は狂ったように、行ったり来たりして見まわるその時、誰言うとなく、「千歳池に玄的老の草履が片足」というのを聞くと、皆は池に飛び入り、上を下へと探すけれども、これと思う物もなく、どうしようかというところに、「鼈井戸にもまた片足」と言うので、人々が井戸をのぞくと、その言葉通り、玄的がさかさまに落ちて亡くなっていた。

死骸を引き上げ、薬を用い灸治をしたけれども、耳の聞こえない者にささやくように反応がなく、両親は人目もはばからずに声をあげ、抱き付いて泣けど叫べどその甲斐もないので、あきらめた。玄順は家に帰って葬式をし遺体を荼毘にふしたが、あきらめきれない母親は食事もせず一間の中に引こもって泣きあかし、「おのれ、仇をとらないではおくまい」と罵り怒り、正気ではない。玄順は妻をあれこれなだめてみたけれども聞きいれなかった。

四五日すぎた夜半前、内儀は大いにうなされて、傍にあった硯ばこ、文庫、きせるに至るまで、手当たり次第に打ち割り、投げつけた。近所に響く騒動に玄順も目を覚まし「このごろの悲嘆のあまり、疲れて夢でも見たか」と取り押さえると、妻は振り放し、なおもつのる暴れよう。ふすまや障子につかみかかり、「あらうれしや」と言ったかと思うと、ごろりと横になって高鼾。玄順もあっけにとられ、寝言も多く聞いたけれども、このように凄まじいのは今日が初めてだ。起こしてみようと紙燭に火をつけ、そばに立って顔をながめると、これはどうしたことか。口元から襟際まで、全体に血まみれなので、「さては先ほど、寝言を言う時に舌を噛んだのか、かわいそうに」と引きおこして傷を見たけれども、舌はいつもと変わった様子もないので、不審に思っているところに、内儀は夢を思い出し、夫にむかって声をひそめて言った。

「さきほど、うつらうつらしてみた夢に伽藍跡の東の堤に我が子の仇の狐がいると聞いて、おのれ、生かしては置くまいと走っていき、狐に組みつき、激しく争ったが、狐も命のかぎりに、逃げようともがく。折悪しく刀は持ちあわせず、狐の喉笛に噛みついてたやすく殺し、うれしやと思ったところを起こされた。この血が付いたのはたしかに正夢。東の堤を御覧なさい。」

玄順は合点がゆかないが、血のついていることも不思議なので、堤をめざして急いで行ってみると、年老いた古狐が喉笛を食われて死んでいた。

「女の念力、岩をも通す。」

これを聞いて甚蔵殿も、しっかりと精を出しなさい。

〈類話〉

＊『拾遺御伽婢子』〔宝永元年（一七〇四）〕四の二十「夢中之闘狼」

○紫雲《しうん》たな引蜜夫《びくみつふ》の玉章《たまづさ》

*1小夜衣《さよごろも》など書《かき》やりしは、鳴呼《あゝ》貴《たつと》むべし。貞女《ていぢょ》とも、節女《せつぢょ》とも古今《ここん》に秀《ひいで》し稀者《まれもの》、末世《まつせ》までもその名《な》を残《のこ》せり。かゝる賢女《けんぢょ》を当世《とうせい》に、*2不脺《ぶすい》といひ、練《ねれ》ぬといひ、白《しろ》いといひ、土《つち》といふ。これ皆《みな》*3西南《せいなん》の蚯蚓《みゝず》にして悪《にく》むべし。人をして悪《あく》に導《みちびく》の罪人《ざいにん》なり。かくの（十一オ）ごときものをば*4鼠《ねずみ》といふと。その所以《ゆへ》を問《と》へば、食《くら》ふ事のみを好《この》んで、人前《にんぜん》へ出《いづ》る事あたはざるがゆへなりと。宜《むべ》なるかな。子《こ》は親《おや》の心《こころ》にならふものなれば、仮令《かりそめ》にも不義《ふぎ》淫乱《いんらん》のことをいはず。*5女子《によし》は取《とり》わけ孝《こう》を第《だい》一にしてつゝしみを教《おしゆ》べし。*6芝居《しばゐ》の御姫《おひめ》さまの、かちやはだして出奔《しゆつぽん》なされ、後《のち》には*7傾城《けいせい》やへ売《うら》れ給ふの、イヤ私夫《まぶ》の、といふ名《な》は勿論聞《もちろんきか》すも毒《どく》なるに、母親《はゝご》の好《すき》とて娘子《むすめこ》を鰹汁《だし》にして、*8一番太鼓《ばんたいこ》のならぬ中《うち》から幼《いとけ》なき子《こ》の手《て》を引《ひい》て*9しこ

1 小夜衣…高師直の塩谷判官の妻への横恋慕を語る『太平記』巻二十一「塩谷判官讒死事」に見える「さなきだに重きが上の小夜衣我が褄ならぬ褄な重ねそ」の歌を指す。

2 不脺といひ~土といふ…野暮。

3 西南の蚯蚓…蚯蚓は歌女（芸妓）のこと。

4 鼠といふ…ここでは、食物などをかすめ取る身近な人を鼠にたとえた語の「頭の黒い鼠」を意味するか。

5 女子は取わけ孝を第一にしてつゝしみを教べし…『女大学』等の女子の教訓書に類似の表現がある。

6 芝居の御姫さまの~…「桜姫」を連想させるが、芝居の演目は不詳。

7 傾城や…女郎屋。遊女屋。

8 一番太鼓…江戸時代、歌舞伎の上演を知らせるために開演に先立ち打った太鼓。

9 しこみ…教えて身につけさせ

る。しつける。

10 **黒き膵**…黒いは、その道の玄人の意。膵は、世態や人情の表裏によく通じ、ものわかりのよいこと。

11 **辻だちの狂言**…辻狂言のこと。辻に立って滑稽な仕ぐさや、軽業などを演じ、往来の観客から銭を乞うこと。

12 **丹波の国**…現在の京都府中部と兵庫県東北部にあたる。

13 **地下でも堂上まさり**…地下は、庶民。堂上は、公卿。庶民でも公卿にまさるということ。

14 **利休流**…千利休を祖とする茶道の流派のこと。千家流。

15 **長板**…点茶用具。茶席で風炉・水指などを載せる板。

16 **廻り炭**…茶道の七事式の一つ。炉中の下火をすっかり揚げて、主客ともに代わるがわる炭をつぐ式法。

17 **声音**…他人の声をまねすること。多くは役者の台詞や口上の真似。

18 **両替商売**…両替屋。手数料を

み給へば、歴《れき》〱の*[10]黒《くろ》き膵《すい》と成《なつ》て男《おと》の子は代々《だい〱》（十一ウ）［挿絵］の家《いへ》をもち崩《くづ》し、*[11]辻《つぢ》だちの狂言《きやうげん》するやうになり、女子《によし》は蜜夫《まおとこ》の種《たね》と成ものぞかし。

今《いま》はむかし、*[12]丹波《たんば》の国《ぐに》に稲村《いなむら》や善助とて呉服商売《ごふくしやうばい》する人ありて、お園《その》といふ娘《むすめ》をもちしが、只《たゞ》ひとりの娘《むすめ》といひ、諸人《しよにん》にまされる容色《ようしよく》なれば、父母の寵愛《ちやうあい》すくなからず、田舎育《いなかそだち》となさんも惜《お》しと一年《ねん》のうち、大かたは京大坂に座敷《ざしき》をかり、乳母《うば》婢《こしもと》を多《おほ》くつけ置《おき》、*[13]地下《ぢげ》でも堂上《たうしやう》まさりじやと、名《な》にたつ師をとり、和歌《わか》を学《まなば》せ、茶《ちや》の湯《ゆ》も少《すこ》し知《しら》いではと、*[14]利休流《りきうりう》の人へたのみ、*[15]長板《ながいた》までもたてまへ覚《おぼ》へ、*[16]廻《まは》り炭《すみ》に心《こゝろ》をく（十二オ）だけは、お精《せい》がつきやうと婢《こしもと》とも琴三線《ことさみせん》取出《とりいた》し、「明日《あす》は芝居《しばゐ》にいたしましよ」と女形《をんながた》の容貌《すがた》に気《き》をつけ、*[17]声音《こはいろ》をうつし仕立《したて》あけたる盛《さかり》の年《とし》、二九からぬ目もと口《くち》もと田舎《いなか》にまれなるうつくしさ。

引手《ひくて》あまたの其中《そのなか》に、長良《ながら》や清七とてこれもをとらぬ身代《しんだい》がら、*[18]両替商売《りやうがへしやうばい》、目利《めきゝ》の嫁子《よめご》、白無垢《しろむく》娘《むすめ》、*[19]二世かけて夫婦《ふうふ》の中《なか》は

*20黄金《わうこん》はだへ*21振手《ふりて》形《がた》なきむつましさ。はや其《その》としに懐妊《くはいにん》して玉《たま》のやうなる*22和子《わこ》をもふけて世話にすがたも変《かは》らねば、*23下地《したぢ》のよいのは各別《かくべつ》と、讃《ほめ》そやされし身《み》なりしか（十二ウ）、秋《あき》の末《すへ》にはあらねども、いつともなしに*24ぶら〳〵と、さして病気《びやうき》といふにもあらず。只何《たゞなに》となく面痩《おもやせ》て*25気《き》むつかしげに衰《おとろ》へて、*26物《もの》おもはしき気色《きしよく》なれば、両親舅姑聟《ふたおやしうとしうとめむこ》、にはかに驚《おどろ》き、「医者《いしや》へも見《み》せ、薬《くすり》よ、鍼《はり》よ」と騒《さは》ぎたち、諸神諸仏《しよじんしよぶつ》へ立願《りうぐはん》をかけ奉《たてまつ》る御宝前《ごほうぜん》に*27肝《かん》胆《たん》をくだきいのれども、終《つゐ》に此世《このよ》の縁《えん》つきて、*28会者定離《ゑしやでうり》とは知《し》りながら恋《こひ》こがれしも*29あだし野《の》の露《つゆ》と消《きへ》ゆく花《はな》ざかり、*30鳥部《とりべ》の山《やま》に植《うへ》かへて涙《なみだ》の種《たね》となりけらし。

ふしぎや野辺《のべ》に送《おく》りし夜《よ》より、お園《その》が姿《すがた》あり〳〵と影《かげ》のごとくにあらはれて（十三オ）、物《もの》をもいはずしよんぼりと箪笥《たんす》のもとにたゝずめり。みな〳〵傍《そば》に立《たち》よりて、「ノフなつかしや」と取《とり》すがれと、たゝ雲霧《くもきり》のごとくにて手《て》にもとられぬ*31水《みづ》の月《つき》。「何ゆへこゝに来《きた》りしぞ」と尋《たづ》ねれども、返事《へんじ》もせず涙《なみだ》にむせぶ斗《ばかり》にて

取って金銭の両替を行なう。金融業務も営んだ。
19 **二世かけて**…現世も来世も。
20 **黄金はだへ**…仏の黄金色の肌。特に男女間の誓いのことば。
21 **振手形**…約束手形が必要ないほど睦まじい。
22 **和子**…身分の高い人の男の子ども。わが子。
23 **下地**…天性。生まれつき。元来。もともと。
24 **ぶら〳〵と**…病気が長びいてなかなか治らない様子。
25 **気むつかしげに**…気分のすぐれないさま。
26 **物おもはしき**…何かと気がかりでふさぎこんだ状態である。
27 **肝胆をくだき**…心を尽くし。
28 **会者定離**…仏語。会うものはかならず別れる運命にあるということ。
29 **あだし野**…京都市右京区嵯峨、小倉山のふもとにあった葬送の地。中古、火葬場があり、東山の鳥辺山と併称された。
30 **鳥部の山**…京都市東山区今熊

様子《やうす》もしれねば詮《せん》かたなく、「可愛《かあい》や。わが子《こ》か清七にこゝろ残《のこ》りて迷《まよ》ひしならん」とさま〴〵の仏事《ぶつし》をなし、跡《あと》ねんごろに弔《とふら》へども所も違《たが》はす姿《すがた》もさらず。

扨《さて》は箪笥《たんす》の衣類《ゐるい》の中《うち》か*32手道具《てだうぐ》などにも執着《しうじやく》せしかと残《のこ》らず寺《てら》へ送《をく》れども、猶《なを》も姿《すがた》はしほ〳〵とはじめにかはらぬ有様《ありさま》なれば、一門中《もんちう》ひそかにあつ（十三ウ）まり、衣類《ゐるい》手道具《てどうぐ》寺《てら》へおくり、かたのごとく仏事《ふつじ》をなせども、すこしもしるしのなき時は、「なか〳〵*33凡慮《ぼんりよ》の及《およ》はぬ所。*34道得知識《どうとくちしき》のちからならでは此妖怪《ようくはい》は退《しりぞ》くまじ」と、其《その》ころ諸国《しよこく》に名高《なたか》き*35禅僧太元和尚《ぜんそうだいげんおしやう》にくはしく語《かた》れば、和尚《おしやう》しばらくかんがへて、「後《のち》ほど参《まい》り、ようすを見とゞけ迷《まよ》ひをはらし得《ゑ》さすべし」と初夜《しよや》すぐる比《ころ》、たゞ一人、長良《ながら》やに来《きた》られしに、見れば一家《け》の詞《ことば》にちがはず、亡者《まうじや》のすがた霞《かすみ》のごとく箪笥《たんす》のもとにあらはれて、目《め》をもはなさず箪笥《たんす》をながめ、涙《なみだ》をながしかなしむ有《あり》さま。和尚始終《おしやうしじう》をよく〳〵見て、「亡者《まうじや》の躰《てい》を考《かんがふ》るに（十四オ）、ひとつの願《ねが》ひあるゆへなり。暫《しばら》く此間《ま》の人を

野の地名。鳥辺野。

31 **水の月**…水面にうつる月影。転じて、目には見えるけれども、手に取ることができないもののたとえ。

32 **手道具**…身の回りの小道具や調度。

33 **凡慮**…凡人の考え。

34 **道得知識**…仏語。道得は仏の道を身につけていること。知識は仏の道を説いて人を導き、仏縁を結ばせる人。（『仏教語大辞典』）大悟知識も同様の意味。

35 **禅僧太元和尚**…未詳。山岡元隣『小さかづき』四の第三に「大元和尚とて。しゆせうなる御僧有」とある。

はらひ障子《しやうじ》ふすまをたて切《きる》べし。いかやうの事ありとも、一人も来《きた》るべからず。追付《おつつけ》しるしを見《み》せ申さん」と其身《そのみ》は亡者《まうじや》のすがたに向《むか》ひ、いよ〳〵窺《うかゞ》ひ居《ゐ》たりしが、立《たち》あがり、箪笥《たんす》の中《うち》、一〳〵によくあらため顧《かへりみ》れとも始《はじめ》にかはらず。とてもの事に、箪笥《たんす》の下《した》をと引《ひき》のくれば、*36不義《ふぎ》の玉章《たまづさ》数十通《つう》、ひとつに封《ふう》じかくしたり。「これぞ迷ひの種《たね》なるべし」と幽霊《いうれい》にさしむかひ、「心《こゝろ》やすく成仏《しやうぶつ》すべし。此《この》ふみ共は焼《やき》すてゝ、人目《め》には見《み》せまじ」と約束《やくそく》かたき誓《ちか》ひの言葉《ことば》。亡者《まうじや》のすがたはうれしげに合掌《がつしやう》するぞと見へけるが(十四ウ)、朝日《あさひ》に霜《しも》のとくるがごとく消《きへ》てかたちはなかりけり。

和尚《おしやう》は歓喜《くはんぎ》あさからず、一門《もん》のこらず呼出《よびいだ》し、「亡者《まうじや》はふたゞひ来《きた》るまじ。猶《なを》なき跡《あと》を弔《とふら》ふべし」と立帰《たちかへ》り、彼《かの》ふみども仏前《ぶつぜん》にて焼《やき》すつる煙《けふり》の中《うち》に、まざ〳〵と亡者《まうじや》は再《ふたゝ》び姿《すがた》をあらはし、「大悟《たいご》知識《ちしき》の引導《いんだう》にて則《すなはち》たゞ今《いま》*37仏果《ぶつくは》を得《え》たり」と*38紫雲《しうん》に乗《じやう》じて飛《とび》されりと大元和尚《だいげんおしやう》の宗弟《しうてい》の物《もの》がたりぞと聞《きゝ》およぶ。

新選百物語巻三終　(十五オ)

36 **不義の玉章**…密通の手紙。

37 **仏果を得たり**…成仏した。

38 **紫雲**…紫色の雲。念仏行者が臨終のとき、仏が乗って来迎する雲。吉兆とされる。

［挿絵］三‐三

「道ならぬ事はみらいまでのさまたけなり」「蜜夫《まおとこ》せし女ぼう死して其いへをさまよひうかまざりける」「ア、ありかたや成仏いたします」「大元和尚《たいけんおしやう》みつふせしさとりみつ通《つう》の文《ふみ》どもをかくし有けるをひそかに取やきすてられし也」

＊密通の手紙に執心を残していたお園が、和尚の導きで成仏する場面。煙の中に現われたお園は手を合わせている。

〈現代語訳〉

紫雲《しうん》たな引蜜夫《びくみつぶ》の玉章《たまづさ》

かつて、顔世御前が高師直に書き送った「小夜衣」の歌（高師直の横恋慕を拒んだ歌）は尊むべきものだ。貞女とも、節女とも言い、古今に秀でた達人として後世にまでもその名を残している。このような賢女を当世では、不粋と言い、練れぬと言い、素人くさいと言い、野暮と言う。これは、皆、西南の蚰蜒といって悪むべきである。人を悪に導く罪人である。このようなものを、鼠と言う。そのゆえんを問うと、食うことのみを好んで人前に出ることができないゆえであるという。もっともなことだ。子は親の心も見習うものだから、決して不義や淫乱なことを言ってはいけない。

女子にはとりわけ、孝を第一にして控えめな態度を教えるべきだ。芝居のお姫さまのように、裸足で家を飛び出して、後には女郎屋へ売られなさっただとか、イヤ情夫の何とか、という話はもちろん聞かすのも毒であるのに、母親が好きだからといって娘子をだしに使って、一番太鼓のならぬうちから幼い子の手を引いて教え込みなさったならば、立派な玄人の粋となって、男の子は代々の家をもち崩し、辻だち狂言をして銭を乞うようになり、女の子は間男をもつ原因となるものである。

今は昔。丹波の国、呉服商売をする稲村屋善助に、お園という娘がいた。一人娘のうえ、人並みすぐれた器量よしだったから父母の可愛がりようはたいへんなものだった。田舎育ちとするのも惜しい

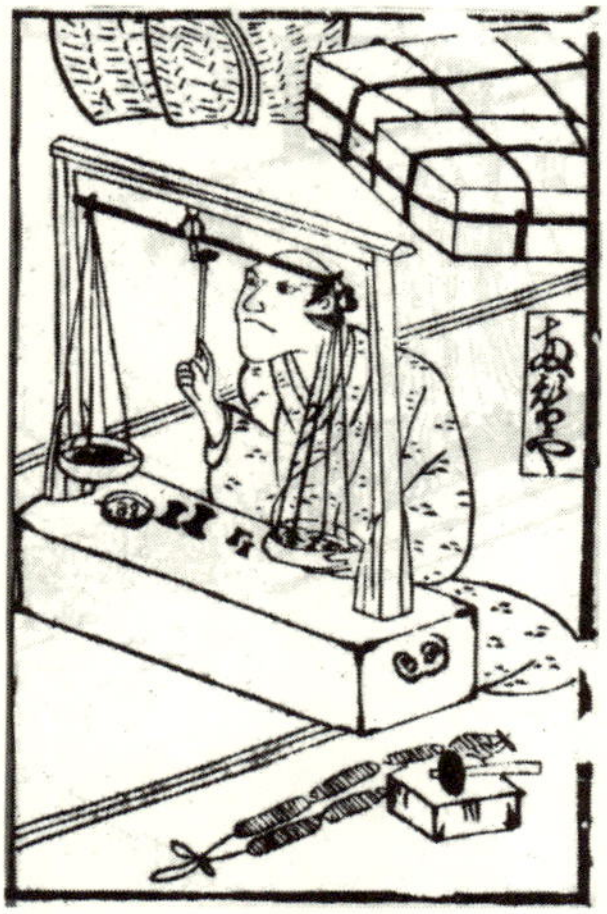
両替屋
（『人倫訓蒙図彙』より）

と、一年のうちのほとんどは京、大坂に家を借り、何人もの乳母や腰元を付けて、地下でも堂上まさりと評判の師匠につけて和歌を学ばせた。また茶道を少しは知らなくては、と利休流の人へ頼み、長板までも決まりを覚え、廻り炭に気を配れば精を尽くして打込むだろうと学ばせた。腰元どもは琴三線を取り出し、「明日は芝居にいたしましょ」と女形の仕草や声をまねしたりして、育てあげた。

お年頃の十八歳ともなると、かわいらしい目もと口もとは田舎にはまれな美しさ。（ぜひ嫁にと）引く手あまたのその中に、両替商売の長良屋清七といってこれも劣らぬ資産家がいた。仕事柄鍛えた目利きで選んだ嫁に白無垢を着せ、来世をかけて誓った夫婦仲は良く、まれに見るほどの仲むつまじさである。

はやくもその年に懐妊して玉のような子をもうけても、お園の噂の美しい容姿は衰えず、さすがに元がよいと、ほめそやされた身であったが、人の身では病気になりやすい秋の末ではないけれども、いつのまにかぐずぐずすと、特に病気というわけでもないのに、ただ何となく顔が痩せて気分がすぐれず、物思いにふける様子。両親や舅、姑、聟はあわてて「医者に見せよう、薬だ、針だ」と騒ぎたて、諸神諸仏へ願掛けをし、神前・仏前で心を尽くして祈ったけれども、ついにこの世の縁がつきた。会う者は必ず別れる運命とは知りながら、恋こがれていたものの、花盛りの命があだしの野の露と消えてゆく、その花を鳥部の山に植えかえて涙の種となるだろう。

ふしぎなことに、葬式をした夜より、お園の姿がありありと影のように現れて、物も言わずにしょんぼりと、箪笥のところにたたずんでいる。皆がそばに立ち寄って、「おお、なつかしい」ととりすがるけれど、ただ雲や霧のようで、ふれることのできない水面にうつる月影のようだった。「どうしてここへ来たのか」と尋ねたけれども、返事もせず、涙にむせぶばかりで、様子もわからない。仕方なく、「かわいそうに。わが子か夫の清七に心残りがあって、現世に迷い出たのだろう」とさまざまの仏事をし、跡を丁寧に弔ったけれども、その後も同じところに姿も消えないでいる。

さては箪笥の衣類の中か手道具などに執着しているのかと残らず寺へ送ったが、なおもしおしお泣き、はじめと変わらぬ様子なので、一門中はひそかに集まり、「衣類手道具を寺へ送り、形のとおり仏事を行なったのに、少しも効き目がない。これはとても凡俗の我らでは手にあまる。立派な僧侶の力でなければ、この妖怪は退かないだろう」と、その頃、諸国に名高い禅僧の太元和尚に詳しく語ると、和尚はしばらく考えて、「後ほど参って様子を見届け、迷いを晴らしましょう」と言い、夜八時を過ぎた頃、ただ一人長良屋に来られた。

見ると一家の者の言葉通り、亡者の姿が霞のように、箪笥のもとにあらわれて、目をも離さず箪笥をながめ、涙を流して悲しむ様子である。和尚は状況をよく見て、「亡者のありさまから考えて、ひとつの願いがあるためであろう。しばらくのあいだ、人払いをして障子やふすまを閉め切ってくだされ。なにがあっても、誰も来てはいけないよ。すぐに効験をお見せ申し上げよう」と言って、和尚自身は亡者の姿に向かい、いよいようかがって居たが、立ちあがり、箪笥の中を一つ一つよく調べて見たけれども、亡者の姿ははじめと変わらない。ついでに箪笥の下を見てみると、密通の手紙が数十通あるのをひとつにまとめて隠してあった。「これが迷いの種に違いない」と幽霊に向かい合い、「安心して成仏しなさい。この手紙は焼き捨てて、人目には見せない」と固く約束する誓いの言葉をかけた。亡者の姿はうれしそうに合掌したかと見えたが、朝日に霜が解けるように消えて形はなくなった。

和尚は大変喜び、一門の者を全員呼び出し、「亡者は二度と来ることはあるまい。一層、亡き跡を弔いなさい」と言って帰り、手紙を仏前で焼き捨てると、その煙の中にありありと、亡者は再び姿をあらわし、「大悟知識のお導きで、まさに今、成仏しました」と紫雲に乗じて飛び去ったと大元和尚の弟弟子が話した物語であると伝え聞く。

〈類話〉

＊『耳袋』巻三「明徳の祈禱そのよる所ある事」では、祐天上人の話として描かれている。（中村幸彦氏・中野三敏氏『耳嚢』注、東洋文庫）

〈翻案〉

＊「葬られた秘密」（小泉八雲『怪談・奇談』平川祐弘編、講談社、一九九〇）

新選百物語《しんせんひやくものかたり》巻四

○鉄炮《てつほう》の響《ひゞき》にまぬかる猟師《りやうし》が命《いのち》

年《とし》ふれば、名所古跡《めいしよこせき》も市中《しちう》に成《なり》て、あとかたもなきものぞかし。いにしへの*1霰松原《あられまつばら》も、今《いま》は人家《じんか》たちつゞきて、*2安立町《あんりうまち》と呼《よ》び、針《はり》、筆《ふで》、ひやうたん、蕃椒《たうがらし》など商《あきな》ふ所とは成けり。されども田舎《いなか》の事なれば、尼《あま》、*3禅門《ぜんもん》*4閑居《かんきよ》おほく、物《もの》しづかなる所ぞかし。

今はむかし、此安立町《あんりうまち》に、至篤《しとく》といふ尼《あま》、*5庵居《あんこ》して貞学《ていがく》といふ弟子《でし》有《あり》。つねに*6堺《さかい》へ出《いで》らるゝにも貞学を連《つれ》られて夜陰《やいん》に及《およ》びて帰《かへ》らるゝ事も多《おほ》かりしが、或《ある》とき至篤へだてなく（一オ）年久《としひさ》しく語《かた》らるゝ老人《らうじん》これも堺《さかい》*7石津辺《いしづへん》に隠居《いんきよ》してくらされけるが、此老人急病《らうじんきうびやう》のよし告来《つげきた》れば、至篤《しとく》、取《とり》あへず参《まい》られ様子《ようす》をみるに、元気《げんき》もうとく、次第《しだい》よはりに成しかは、其夜《そのよ》は至篤も滞留《とうりう》して薬《くすり》

1 **霰松原**…現在の大阪府大阪市住之江区。大和川沿いの安立町にあった松原。『摂津名所図会』巻之一「今の安立町をいふ　昔は皆松原なり」。歌枕。

2 **安立町**…現在の大阪府大阪市住之江区の町名。『摂陽群談』〔元禄一四年（一七〇一）〕巻第十六「名物土産」参照。

3 **禅門**…仏門にはいった男子。

4 **閑居**…世間との交わりをやめ、心静かに住むこと。

5 **庵居**…俗世間との交わりを断って、静かに庵に住むこと。

6 **堺**…堺津を核に形成された港町。現在の大阪府堺市。

7 **石津**…大阪府堺市西部の地名。石津川の下流域。

をもちひ、看病《かんびやう》しけれど、薬力《やくりき》にも叶《かな》ひがたく、翌朝《よくてう》*8卯《う》の刻過行《こくすぎゆき》ければ、縁類《えんるい》いづれも集《あつま》りて葬送《さうさう》など執行《とりおこな》ひ、至篤《しとく》へたのみ、「此所に一七日滞留《とうりう》まし〱、経《きやう》、念仏《ねんぶつ》をも申させ給へ」とひたすらの願《ねが》ひなれば、「これまで懇意《こんい》にかたりし亡者《まうじや》、此ほうよりも望《のぞ》む所」と師弟《してい》とも念仏《ねんぶつ》して、八日めの夜《よ》、子《ね》の刻《こく》に貞学を連《つれ》かへられ（一ウ）しに、*9堺《さかい》の北《きた》の口《くち》を出《いで》、*10松原《まつばら》にかゝりしが、いづくともなく赤子《あかこ》のなく声《こへ》かすかに聞《きこ》へ、物《もの》すごし。十日ごろのことなりしかば、月は西《にし》に落《をち》かたぶき、ことに雨気《あまけ》の*11朧夜《おぼろよ》なれば、師弟《してい》ともに不審《ふしん》に思《おも》ひ、月影《つきかげ》にすかしてみれば、二十歳《はたち》あまりとおぼしき女の腰《こし》より下《しも》は見へわかぬが、髪《かみ》をみだし赤子《あかご》をいだき、至篤《しとく》のまへにあゆみよる。

　至篤もかく*12深更《しんかう》に女の一人往来《わうらい》するはたゞものならずと思《おも》ふうち、近《ちか》〱と傍《そば》により、「*13ちか比《ころ》慮外《りよくはい》の御事なれとも、しきりに泣《なき》てすへきやうなし。お二人《ふたり》の中《うち》、しばしが間《あいだ》御抱《いだ》き下されかし」（二オ）。*14目《め》もやらず、返答《へんとう》もせず、行《ゆき》すぐる。貞学《ていがく》はさし俯《うつぶ》

8 **卯の刻**…現在の午前五時から七時まで。

9 **堺の北の口**…大阪府堺市。摂津国と和泉国の境界に位置する。堺湊の北入口のこと。

10 **松原**…霰松原のこと。大阪市住之江区安立二丁目に霰松原公園が残る。

11 **朧夜**…おぼろ月の出ている夜。

12 **深更**…真夜中。

13 **ちか比**…はなはだ。非常に。

14 **目もやらず**…目を向けず。

き、一心不乱《しんふらん》に念仏しければ、彼女《かの》たちのきて、「最早《もはや》これより泣《なき》やめよ。あなたがたに抱《いた》かるゝ事は中《なか》〳〵思《おも》ひもよらぬぞ」と段《たん》〳〵に遠《とを》ざかり、いづちともなく失ければ、至篤《しとく》、貞学両人《りやうにん》は、いそぎ庵《いほり》に立帰《たちかへ》りて、貞学を呼《よ》び、「今夜《こんや》の女、*15うふめなどゝいふにもあらす。彼《かれ》が赤子《あかご》を抱《いだ》きなば、いかばかりの災難《さいなん》にあはん。早《はや》くも心《こゝろ》のつきたるゆへ、*16鰐《わに》の口《くち》をまぬがれたり」と悦《よろこ》ばれしが、其《その》のちは、*17紀州《きしう》、泉州《せんしう》、河州《かしう》のかたへ、日《にち》〳〵往来《ゆきゝ》の旅人《りよじん》ども、いづくともなく夜中《やちう》に失《うせ》て、ふたゝび宿《やど》に帰《かへ》らざ（二ウ）れば、妻子《さいし》のなげき大かたならず。親類《しんるい》またはねんごろなる人をたのみて尋《たづ》ぬれども、行《ゆき》がた更《さら》に知《し》る者《もの》なし。

*18大和橋《やまとばし》の東《ひがし》にあたつて一ツの森《もり》のありけるが、古《ふる》塚とみへし穴《あな》あり。その中《うち》に、いつとなく屍《しかばね》多《おほ》く積《つみ》あげたり。諸人《しよにん》、「これこそ此年月失《としつきうせ》たる人の屍ならん。狐狸《きつねたぬき》の所為《しわざ》なるべし。此まゝ置《をか》は、後《のち》〳〵は往来《ゆきゝ》も絶《たへ》ぬべし」と番人《ばんにん》をつけ置《をき》しが、或《ある》とき、彼番《かのばん》なにとかしけん。真《ま》二ッに引《ひき》さかれ、ちり〴〵になり死《しゝ》けれ

15 **うふめ**…（「姑獲鳥」とも）難産で死んだ女や、水子などが化したという妖怪。また、想像上の怪鳥。血みどろの姿で産児を抱かせようとしたり、幼児に似た泣き声で夜間飛来して幼児に危害を加えようとしたりするといわれる。『今昔物語集』巻第二十七の四十三、『百物語評判』巻二の五など参照。

16 **鰐の口をまぬがれ**…きわめて危険なところをのがれる。危地を脱する。

17 **紀州、泉州、河州**…紀州は紀伊国の別称。現在の和歌山県。泉州は和泉国の別称。現在の大阪府。河州は河内国の別称。現在の大阪府。

18 **大和橋**…大阪市と堺市の間を流れる大和川に架かる橋。

ば、恐《おそ》れずといふ人もなく、たそかれ時《どき》より門戸《もんこ》をさして、夜分《やぶん》の往来《わうらい》やみければ、「かくては諸人《しよにん》のわづらひなるべし。第《だい》一（三オ）急病《きうびやう》ある時《とき》はことの外《ほか》のさまたげなれば、猟師《りやうし》をやとひて討《うち》とるべし」とあたり近《ちか》き猟師《りやうし》をまねき、「怪しきものも出《いで》きたらば、打取《うちとり》て給はれ」と皆《みな》一同《とう》にたのみしかば、猟師《りやうし》は、「やすき事なり」と日《ひ》の暮《くれ》がたより鉄炮《ぼう》かたげ、彼骸骨《かのがいこつ》の有《あり》し森《もり》より大和橋《やまとばし》まで、毎夜《まいや》〱往《ゆき》つ帰《かへ》りつ見《み》めぐれども、あやしき事もなかりしが、折《をり》ふし秋《あき》の末《すへ》つかた、雨《あめ》*19そぼふり、風《かぜ》ふき落《おち》、虫《むし》の音《ね》のいとあはれに心《こゝろ》ぼそくなりけるゆへ、木陰《こかげ》にしばらくやすらひしに、傍《そば》なる茅原《かやはら》より*20三尺《じやく》ばかりのまろきもの、猟師《りやうし》のまへにこけ出《いで》しかば、不審《ふしん》に思ひて（三ウ）よく〱みれば、法師《ほうし》の首、まなこをいからし、屹《きつ》とねめつくる。

猟師《りやうし》はすこしも恐《おそ》れず、「これぞ聞《きこふ》るものならん」と鉄炮取《てつぽうとつ》て火縄《ひなは》をはさみ、打《うち》とらんとする所に、思《おも》ひもよらぬ後《うしろ》より両足《りやうそく》つかんで虚空《こくう》に引上《ひきあげ》、まなこはくらめど為方《せんかた》なく、今《いま》ぞ最期《さいご》と観念《くはんねん》

19 **そぼふり**…しとしとと細かい雨が降る。

20 **三尺ばかり**…約九〇センチメートル。

しけるが、何とかしけん。引《ひき》がねはづれ、鉄炮《てつぽう》ひゞけば、変化《へんげ》は失《うせ》て二*21間《けん》あまりも投《なげ》おとされ、忽《たちまち》に絶入《たへいり》しが、夜明《よあけ》て人〳〵これを見《み》つけ、薬《くすり》をあたへてよみがへり、夜中《やちう》の事どもくはしくかたれば、所の者《もの》どもいよ〳〵おそれ、いかゞはせんと案《あん》じわづらひ、その比《ころ》、*22八幡《やはた》に（四オ）閑居《かんきよ》して貴《たつと》き僧《そう》のありけるを、いそぎ招《まね》きてこれを嘆《なげ》けば、さま〳〵の供物《くもつ》、香《かう》をたき、妖怪《ようくはい》たいさんの法《ほう》を修行《しゆぎやう》しければ、しだい〳〵にしづまりぬと。何《なん》の所為《しよい》といふ事をしらずと語《かた》られける。

21 **二間**…一間は、約一・八二メートルにあたる。

22 **八幡**…京都府八幡市。木津川・宇治川・桂川が合流し、淀川と名をかえる南岸にある。

［挿絵］四－一－一

「うぶめといふもきつねたぬきのしわさなるへし」
「うふめに引さかるゝ」
「のふおそろしや」
「ゆるせ〳〵」

＊髪をふり乱した女が赤子を抱いて夜中に現れる。腰から下が血に染まっているのは「うぶめ」のこしらえ。往来の旅人たちは引きさかれ姿を消す。

［挿絵］四-一-二

「かりうどうふめをたいじせんとしてさま〲なやまさるゝ」

＊猟師が見張りをしていると大法師の首がころげおちてくる。猟師が鉄砲を撃とうとすると、両足をつかまれ虚空にひきあげられる。

〈現代語訳〉
鉄炮《てつほう》の響《ひゞき》にまぬかる猟師《りやうし》が命《いのち》

年月が経つと、名所旧跡も町中になって、あとかたもなくなるものだ。

昔、霰松原といわれた名所も、今では人家が建ち続いて安立町と呼び、針、筆、ひょうたん、唐辛子などを商うところとなった。しかし、田舎のことなので、尼や禅門の閑居が多く、物静かな土地である。

今は昔、この安立町に至篤という尼が庵居しており、貞学という弟子がいた。常に堺へ出るときにも貞学を連れて、夜になってお帰りになることも多かった。あるとき、至篤が長年語りあう、堺の石津あたりに隠居していた老人が急病であるとの知らせが来たので、至篤はすぐにお見舞いに行った。様子を見ると気力もなく弱っていたので、その夜は至篤も泊まって、薬を与え看病したけれども、薬の効きめもなく亡くなった。翌朝卯の刻を過ぎた頃、縁者が皆集まって葬式を執り行ない、至篤へ頼んで、「ここに初七日まで滞在なさって経や念仏を唱えてください」とひたすら願うので、「これまで懇意に語り合う仲だったので、こちらからも望むところです」と伝え、師弟とともに念仏して、八日目の夜、子の刻に貞学を連れて帰られた。

堺の北の口を出て、松原にさしかかった時、どこからともなく赤子の泣く声が聞こえ、非常に不気味である。十日頃のことであったので月は西に落ち傾き、しかも雨模様の朧月夜なので、師弟ともに不審に思い、月影に透かしてみると、二十歳あまりと思われる女で、腰より下はわからないが、髪を乱して赤子を抱き、至篤の前に歩み寄ってくる。

至篤がこんな夜更けに女が一人で出歩くのは、ただものではないと思っていると、女はそば近くまで寄り、「はなはだ失礼ですが、赤子がしきりに泣いてどうしようもない。お二人のうち、少しの間、お抱き下され」と言う。至篤は目も合わせず、返答もせず行き過ぎる。貞学はうつむき、一心不乱に念仏していると、女は立ち退き、「もう、これくらいで泣きやみなさいよ。あの方々が抱いてくれることは決してないだろう」と言いながら次第に遠ざかり、どこへともなくいなくなったので、至篤、貞学両人は、急いで庵に立帰った。至篤は貞学を呼び、「今夜の女は姑獲鳥などというものではない。あの赤子を抱いたならば、どのくらいの災難に遭ったかわからない。すぐに気づいたので危ないところを逃れた」と喜ばれた。だがその後は、紀州、泉州、河州の方を往き来する旅人たちは、日々、どこへともなく夜中にいなくなって、二度と家に帰らないので妻子はたいそう嘆いた。親類、または親しい人を頼んで探したけれども、行方を知る者はまったくいなかった。

大和橋の東の方角に一つの森があり、そこに古塚と見える穴があった。その中にいつとはなく屍が多く積みあがった。人々は「これこそ、この年月いなくなった人の屍だろう。狐狸の仕業に違いない。このままにしておくと、後々は往来も絶えてしまうだろう」と番人をつけておいたが、ある時、その番人が、どうしたことか、真二つに引き裂かれてバラバラになって死んでいた。

皆は恐れて夕暮れ時より門戸を閉めて、夜は行き来をしなかったので、「こんな状態だと人々の通行の妨げになるだろう。何といっても、急病のある時はとりわけ妨げになるので、猟師を雇って討ちとるのがよい」と近在の猟師を呼んで、「怪しいものが出てきたならば討ち取ってください」と皆一同に頼んだ。猟師は「たやすいことだ」と、日暮れより鉄砲を肩に担い、骸骨のあった森から大和橋まで毎夜行ったり来たりして見まわったけれども、怪しいこともなかった。

頃は秋の末、しとしとと雨が降り、風が吹いて虫の鳴く声が実に心ぼそく思われたので、猟師が木陰にしばらく休んでいたところ、傍にある茅原より三尺（九〇センチ）ばかりの丸いものが前に転げ落ちたので不審に思ってよくよくみると、法師の首がまなこをいからし、きっと睨みつけた。

猟師はすこしも恐れず、これが聞いていたものだろうと鉄砲を取って火縄を挟み、討ちとろうとしたところ、思いもよらず、後ろより両足をつかまれて虚空に引き上げられる。まなこがくらみ、どうすることもできず、もう最期だと観念したが、どうしたことだろうか、引きがねが外れ、鉄砲の音が響くと、妖怪変化はいなくなり、二間あまり（三〜四メートル）も投げ落とされ、すぐに気絶した。

夜が明けて、人々が猟師を見つけ、薬を与えると気がついた。夜中のことを詳しく語ると、土地の者どもはいよいよ恐れ、どうしようかと案じ煩い、その頃、八幡に閑居していた貴僧を急いで招き、嘆いて訴えた。（僧は）さまざまの供物や香を焚き、妖怪を退散する法を行なうと、怪異も次第に静まったという。「何ものの仕業か、わからない」と語られた。

〈「うぶめ」について〉

＊『諸国百物語』〔延宝五年（一六七七）〕巻五の十七「靍の林うぐめのばけ物の事」／『宿直草』〔延宝五年〕巻五の一「うぶめの事」／『百物語評判』〔貞享三年（一六八六）〕巻二の五／『奇異雑談集』〔貞享四年（一六八七）〕巻四の四「産女の由来の事」／鳥山石燕「姑獲鳥」『画図百鬼夜行』〔安永五年（一七七六）〕など

「安立町」ゆかりの口承

大和橋からほど近い「安立町」には、首が切れた「首切地蔵」の話がある。『摂陽群談』〔元禄十四年（一七〇一）〕十三巻に「長法寺　同郡安立町にあり。同宗甲州見延山久遠寺末院、開山日能上人。慶長十二年の所造」とあり、続いて「地蔵堂」の説明が載る。「同郡同所の南高野街道側にあり。行基菩薩彫刻の石像也。所傳云、昔西國順禮、此處に於いて賊難に逢り、此尊像動出て助之、朝日に見れば、首地に落て血流たり、渇仰感涙して、再拝恭敬し去ぬ、因て以て世に首截地蔵と称す。今も猶此尊に祈る者、感得ありと云へり」と記す。

本話の「法師の首」という言葉からは、安立町に伝わる首切地蔵の口碑を彷彿させる。しかし、決定的に違うのは、救済するはずの地蔵菩薩が、怪異をもたらす「法師の首」に書き換えられていることである。「安立町」に根付いて語り継がれた霊験は、『新選百物語』巻四の一を通して怪異譚へと変わったのである。

巻四の一の冒頭において、「年ふれば、名所古跡も市中に成て、あとかたもなきものぞかし」と記していたことを思い返してみよう。市中となっている場所も、以前は砂浜に松林の茂る名所古跡であったが、今となっては跡形もないと、筆者は主張している。ここは、「安立町」の伝承を蔑ろにしていることを含意しているのではないだろうか。時代とともに移り変わる町並に対する筆者の心境の吐露が、単なる伝奇的な話から脱却し、元の素材を連想させながらも、新たに作り替えた話へと書き換えられて構成されていると考える。

○我身《わがみ》をほろぼす剣術《けんじゆつ》の師《し》

男子《なんし》は陽を主《つかさ》どりて勇猛《もうゆう》なりといへども、思慮多《しりよおほ》くして怒《いか》るときも前後《ぜんご》をかへりみ、女子《によし》は陰《いん》をつかさどりてたをやかなりといへども、思慮《しりよ》すくなふして怒《いか》るときに前後《ぜんご》をわきまへず。宜《むべ》なるかな。仏《ほとけ》の*1内心如夜叉《ないしんによやしや》と説《とき》給ひしも実《げに》さる事ぞかし（四ウ）。

今はむかし、黒田主水《くろだもんど》といふ人あり。*2出羽《では》の国《くに》の産《さん》なりしか、若《わか》き時より京都《きよぢう》に居住し、男子《なんし》一人誕生《たんじやう》し、主税《ちから》と名づけ、*3赤《あか》松家《まつけ》に仕官《しくはん》せしが、二十三の年《とし》、父主水《ちゝもんど》は十日ばかりも血《ち》を吐《はき》ぬれば、家内《かない》のおどろき大かたならず、さま〳〵と養生《やうじやう》すれども終《つゐ》に叶《かな》はず。

*4内室《ないぎ》、夜昼泣《よるひるなき》くらし、目《め》もあてられぬ有様《ありさま》なれとも、かくても果《はて》ぬ事なれば、いとねんごろに葬送《さう〳〵》いとなみ、内室《ないぎ》は髪《かみ》おし切《きつ》て

1 **内心如夜叉**…華厳経の「外面如菩薩、内心如夜叉」の前半を略した語。容貌は菩薩のように美しく柔和だが、その心は夜叉のように残忍邪悪であるの意。仏教で、女性を出家の修行のさまたげになるものとしていましめた言葉。

2 **出羽の国**…現在の山形県と、鹿角市・小坂町を除く秋田県全域にあたる地域の旧国名。

3 **赤松家**…室町時代の守護大名。鎌倉初期、播磨佐用郡（兵庫県）の在地領主としておこり、後に四職家の一。嘉吉元年（一四四一）、播磨守護赤松満祐が室町幕府六代将軍足利義教を自邸の宴に招いて暗殺した嘉吉の乱で、満祐は幕府軍に攻められて一族と共に自殺。この事件によって幕府の権威は衰え、赤松氏の勢力もなくなった。

4 **内室**…貴人の夫人をいう。近世では武家の妻女をいう。

一間《ひとま》の中《うち》に取《とり》こもり、文《ふみ》こま〴〵と書《かき》したゝめ、ともに死《しな》んずけしきなれば、一門中《もんぢう》より集《あつま》りさま〴〵教訓《けうくん》、心《こゝろ》をなぐさめ婢《こしもと》ともに密《ひそか》にいひつけ（五オ）傍《そば》をはなれぬ*5隠《かく》し番《ばん》。

一年ばかり過行《すぎゆき》しが、*6遠《とを》ざかるもの日《ひ》〴〵に疎《うと》しとしだいに生《をひ》たつわすれ草《ぐさ》。湯《ゆ》あがりの薄化粧《うすげしやう》、*7ふたつわげの蝉髻《つのわげの》うつくしく、銀《ぎん》のかんざし、*8衣香《とめき》の薫《かほ》り、緋《ひ》かぐしの*9三がいの草履《さうり》織出《をりだ》しの*10虎耳草切《ゆきのしたきれ》*11笹背入《さゝせいり》のたばこ入、*12白絵《しろゑ》の扇子《あふぎ》に香《にほひ》の*13玉帯《たまおび》の下にも紙《かみ》折《をり》はさみ、丸《まる》りとみせたる腰《こし》つきの歩行《あるき》やうさへまへとはかはり、*14早太鼓《はやだいこ》にもゆた〳〵と騒ぬ姿道理《さはがすがたどうり》こそ。

*15戎《えびす》川の麩屋町《ふやてう》に、南川丹蔵《みなみがはたんざう》とて剣術指南《けんじゆつしなん》の浪人《らうにん》あり。主税《ちから》が武芸《ぶげい》の師範《しはん》にて、主水《もんど》在世《ざいせ》の時《とき》よりも内外《うちそと》の隔《へだて》（五ウ）［挿絵］なく、互《たがゐ》のまじはり厚《あつ》かりしが、*16色《いろ》は心《こゝろ》の外《ほか》にして、いつの比《ころ》にか逢《あひ》なれそめし千代《ちよ》もと契《ちぎ》るさゝめ言《ごと》。*17神《かみ》かけて変《かは》らじと誓《ちか》ひをこめて*18忍《しの》び寝《ね》の*19つゝむにあまる目の中《うち》や、みるに思《おも》ひは*20十寸穂《ますほ》のすゝき、穂《ほ》にあらはれて世間《せけん》も恥《はぢ》ねば、主税は武士《ぶし》の捨《すた》るを怒《いか》り、

5 **隠し番**…秘かな見張り番。
6 **遠ざかるもの日〴〵に疎し**…諺。「去る者は日日に疎し」。ここでは、死んだ者は月日がたつにつれて忘れられていくの意。
7 **ふたつわげの蝉髻**…ふたつわげは後家や年配の女の髪型。髻を二つに分けてたばねたもの。蝉髻は蝉の羽のように透き通って見える鬢。
8 **衣香の薫り**…留木は、香木の香を衣服や髪などにしみこませること。
9 **三がいの草履**…表の真竹の皮と裏の革との間に淡竹の皮などを挟んだ三枚重ねの草履。
10 **虎耳草**…虎耳草は植物「ユキノシタ」の漢名。
11 **笹背入のたばこ入**…笹の紋入りの煙草入れか。
12 **白絵**…彩色していない絵。
13 **玉帯**…美しい帯のことか。
14 **早太鼓**…あわただしい調子の太鼓の音。
15 **戎川麩屋町**…戎川は京都市街地を東西に走る道路の呼び名。

現在の京都市中京区夷川通。麩屋町は戎川通り沿いにある。
16 **色は心の外**…諺。恋愛は常識で判断できない。
17 **さゝめ言**…男女間のむつごと。恋のささやき。
18 **忍び寝**…男女がこっそり寝ること。
19 **つゝむにあまる**…かくしてもかくしきれなくなる。
20 **十寸穂のすゝき**…穂の長くて一尺ばかりあるもの。思いが増すとそれが表に出るようになる。
21 **馬の耳に風**…諺。「馬耳東風」。人の話が耳にはいっても全然心を動かさないことのたとえ。
22 **石に水をそゝぐ**…諺。「焼石に水」。効果があがらない状態のたとえ。
23 **強異見**…きびしく訓戒すること。厳重な諫め。

一門中《もんぢう》も聞《きゝ》づらく、堪《たへ》かねて諫《いさめ》てみれども、*20馬《むま》の耳《みゝ》に風とやいはん、*22石《いし》に水《みづ》をそゝぐがごとく、露《つゆ》ほども聞いれず。

後家《ごけ》もをのれが色《いろ》に出て余所《よそ》にしるとは思ひもよらず、誰《たれ》かこれをもらせしぞ、外《ほか》に知《しる》もの一人もなし。慥《たしか》にさよめが口《くち》より出しと婢《こしもと》に気をまはし、いつぞはひそかに（六オ）引よせて尋《たづ》ねてみんとは思へとも、主税は恥《はぢ》て世間へ出ねば、尋ねんやうもなかりしが、折ふし主税は南都《なんと》に用あり、主命《しゆめい》なれば是非《ぜひ》に及ばず、十日ばかりも逗留《とうりう》せしに、此留主《るす》をさいはゐに丹蔵としめし合《あは》せ、婢《こしもと》さよを土蔵《どぞう》につれ行、「丹蔵様とわが身《み》のうへ知《し》るべき人はなきはづなるに、世間へばつとうき名を流《なが》し、一門衆《もんしう》も入かへ〳〵、毎日の*23強《こはゐ》異見《けん》。其方《そち》が口より出さねば外《ほか》よりもれんやうもなし。有《あり》やうに白状《はくじやう》せよ。かくしてもかくさせぬ」と問《とひ》かけられて、婢さよ思ひもよらぬ事なれば、顔《かほ》を赤《あか》めて涙《なみだ》をながし、「左様《さやう》な事を私《わたくし》が（六ウ）何の世間へ徇《ふれ》ませう。幼少《おさなき》ときより御世話《せわ》になり、御恩《をん》の有お家《いへ》の事。両親を誓文《せいもん》に」といふを捕《とら》へて膝《ひざ》に引敷、「い

24 **しやくり**…上下に動かす、ゆらす。

25 **袷**…裏地のついている衣服。

26 **渋紙**…紙をはり合わせ、柿渋を塗ってかわかしたもの。防寒・雨よけの衣類とし、敷き物、荷物の包装などに用いる。

27 **己の刻**…現在の午前十時ごろ。

はねばゆるしておこふか」と傍《そば》なる細引頸《ほそびきくび》にまき、おどしの為の一しやくり[*24]。さすが女の手のうちくるひ、ウントばかりに息《いき》たゆれば、俄《にはか》におどろき薬《くすり》をあたへ、顔に水ふき抱《だき》かゝへ、「おさよ〳〵」と呼び生《いく》れどその甲斐《かゐ》なければ、大にあきれ、「ゆるしてたも。こらへてたも」と死顔《しにがほ》見るに恐《おそろ》しく、ぞつと身の毛《け》も忽《たちまち》に狂気《きやうき》のごとく走《はし》り行、丹蔵に斯《かく》と知《しら》せば、強気《がうき》の丹蔵びつくりせしが、しばらく思案《しあん》し、独《ひとり》うなづき、「お気づかひなされますな(七オ)。晩《ばん》ほど埒《らち》を明《あけ》ませう。それまではいつものごとく、必《かなら》ず色《いろ》に出し給ふな」といひふくめても、女気の夜に入ほど猶《なを》うしろがみ底気味《そこきみ》あしく、起《たち》つ居《ゐ》つ、今や〳〵と待《まつ》所に、夜半の鐘《かね》の聞《きこ》ゆるにぞ。丹蔵は衣装《ゐしやう》をかへ、紺《こん》の袷《あはせ》[*25]に大脇差《わきざし》しのび入て、死《し》骸《がい》を引よせ、さよが櫃《ひつ》よりたしなみのはれ着《ぎ》を取出《とりだ》し、着《き》かへさせ、渋紙《しぶがみ》[*26]によく包《つゝ》み、肩《かた》にかたげて後家《ごけ》にむかひ、「明日《みやう》己《み》[*27]の刻にすぐる比、かやう〳〵にし給ふべし。早《はや》きもあしし、遅《おそ》きもあしし」とさゝやきて、いづくともなく出て行。

後家《ごけ》は門の戸《と》かけかねかけ、少《すこ》しは心しづまれども、だいぞれた事した罪《つみ》を思ひ（七ウ）廻《まは》してたゞひとり寝《ね》もせず起《おき》も*28せど口も人とみゆれとすかし見れば、おさよが姿《すがた》あらはれて、「わが身の恥《はぢ》をかくさんとて、よふは殺《ころ》せし。其くるしさをいつぞは思ひ知ら《しら（ママ）》せん」と怒《いか》れる顔《かんばせ》ものすごく、*29しまだほどけて忽《たちまち》にかきけすごとく失《うせ》ければ、後家《ごけ》は見るより、「ハッ」とはかりに絶入《たへ》しが、暫《しばらく》ありてよみがへり、まどろみもせずその夜《よ》をあかし、己《み》の刻《こく》すぎに人をやとひ、おさよが宿《やど》へ急《きう》につかはし、「昨日《きのふ》*30八ッ過《すぎ》いとまをねがひ、親もとへ相談《そうだん》事。もし、夜《よ》がふけて帰《かへ》らすは、朝《あさ》そう〳〵に帰《かへ》らんと行《ゆか》れしが、今《いま》までも便《たより》もなし。風《かぜ》ても引て（八オ）寝《ね》てではないか。尋《たづ》ねてこいとのお使《つかひ》」と聞《きい》て両親不審《ふたおやふしん》の折しも、「*31東河原《ひがしかはら》に女の死《し》んで」と往来《ゆきゝ》のうはさに、両親は*32胸《むね》に釘《くぎ》さす心地《こゝち》して、使とも〳〵川原に行みれば、娘のおさよが死《し》骸《がい》。あまりあきれて泣《なく》にも泣《なか》れず、厳《きび》しくせんぎ有りけれども、おさよが運《うん》のつきたるにや。殺《ころ》され損《ぞん》となり行《ゆき》て、両親主人葬送《さう〳〵》

28 **せど口**…起きもせずと、背戸口の上下にかかる。

29 **しまだ**…島田髷の略。前髪と髱を突き出させて、まげを前後に長く大きく結ったもの。主に未婚女性が結う一般的な髪型。

30 **八ッ過**…午後の二時を過ぎた頃。

31 **東河原**…京都、四条河原のこと。色茶屋などがあり、西の島原を西島と呼ぶのに対して呼ばれた。

32 **胸に釘さす**…諺。胸に釘打つ。胸に釘を打たれたように心の急所に当たって、痛切に感ずる。心中の弱点を突かれて心痛する。

して、跡《あと》ねんごろに弔《とぶら》ひける。

　*33年《とし》の矢《や》のはや六年の月日たち、春《はる》も過行夏《すぎゆきなつ》の夜《よ》に、主税か家《いへ》へ数年《すねん》の出入《でいり》、宮古《みやこ》やの覚《かく》平とて酒ずきの律儀《りちぎ》もの、一盃《はい》きげんの*34河原ぞめき、*35蛍《ほたる》を紙に堤《つゝみ》をみれば（八ウ）、若《わか》き女中の供をも連《つれ》ず、これは*36太《ふと》いと近《ちか》よれば、六年已前《いぜん》に死たるおさよ。覚平大に仰天《ぎやうてん》し、「こなたはたしかに死《し》なしやつたがこりやマアどこへ」と尋ぬれば、おさよは怒《いか》りの顔色《がんしよく》にて、「さればとよ。此年月うらみをなさんと思へとも、主税親子が運《うん》も尽《つき》ねば、*37やみ〳〵とゆるせしぞや。もはや運にも限《かぎ》りあれは、追《おつ》付おもい知らすべし」といふ声《こへ》計かすかに聞へ、姿《すがた》は消《きへ》て跡《あと》もなし。覚平は酔《えひ》さめて惘《ばう》然《ぜん》と立たりしが、夢《ゆめ》かと思へば夢にもあらず。人に語《かた》るも語られず。たゞ我《われ》ひとり思ひ暮《くら》し、はやその年も過行《すぎゆき》て、春《はる》の気《け》（九オ）色《しき》の*38花ぐもり。主税は友にさそはれて、*39地主権現《ぢしゆごんげん》の花の下《もと》に終日《ひねもす》の酒、熟酔《じゆくすい》してたそかれ過に宿《やど》に帰り、常《つね》のごとく臥《ふし》たりしに、*40辰《たつ》の刻《こく》に成けれとも、主税は寝間《ねま》より出《いで》されば、後家《ごけ》は不審《しん》

33 **年の矢**…年月の経過の速いことを、射られた矢にたとえていう語。光陰矢の如し。

34 **河原ぞめき**…河原は、四条河原をさす。ぞめきは、遊郭・夜店などをひやかして浮かれ歩くこと。

35 **蛍を紙に提をみれば**…つつみは上下に掛かる。蛍を紙に包み、堤をみれば。

36 **太い**…大胆。

37 **やみ〳〵**…むざむざと。

38 **花ぐもり**…桜の咲く四月頃の曇の天気をいう。

39 **地主権現**…京都東山の清水寺に隣接するものをさす。

40 **辰の刻**…現在の午前八時頃。また、その前後二時間。

し行てみれば、腹《はら》十文字《もんじ》にかき切て吭《ふへ》つき通し死たれは、後家はみるより周章《あはて》さはぎ、丹蔵かたへ知すれば、丹蔵かたにも知らせの人。使《つかい》とつかひが行ちがひ、いかなるやうすかしらねども、「丹蔵たゞ今雪隠《せっちん》にて首《くひ》をくゝり相果《あいはて》し」と告《つぐ》れば、後家が身のうへも何所《どこ》へ*41取つく嶋もなく、とほうにくれたる二人が末期《さいご》。天罰《てんばつ》一般《ど》に（九ウ）むくひ来て、しだひ〳〵に貧窮《ひんきう》すれば、京都の住居《すまゐ》もかなひがたく、一衣《ひとへ》のものも売代《うりしろ》なし。*42淀堤《よどつゝみ》に小屋《こや》を建《たて》、半年はかり暮せしが、*43八月のはしめつかた、俄《にわか》の風雨《ふうう》洪水《こうすい》して、たちまち堤《つゝみ》きれはなれ、後家《ごけ》が小屋もつき流《なが》され、水におぼれて苦《く》痛《つう》の最期《さいご》。実《げに》おそるべし〳〵。

色慾《しきよく》のため、人を殺《ころ》し、おのれが罪《つみ》おのれを責る。かゝる噺《はなし》を聞に付、慎《つゝし》むべきは色の道とぞ。

41 **取つく嶋**…諺。とりすがるところ。

42 **淀堤**…京都伏見肥後橋東詰から淀の小橋までの一理の淀川堤。

43 **八月のはしめつかた俄の風雨洪水して**…京都で八月に風雨洪水があったのは、十七世紀以降では、万治元年（一六五八）八月三日・四日（『続皇年代略記』等）、寛文三年（一六六三）八月五日（『泰平年表』）、延宝六年（一六七八）八月四・五日（『玉露叢』）等が挙げられる。

［挿絵］四‐二‐一

「後家蜜夫《こけみつふ》をこしらへ其事の人にしられんかとこしもとをしめころす」
「こしもとゆうれいとなりさま〳〵あたをむくひ」
「みな〳〵とりころす」

＊逆上した後家が腰元さよを殺してしまった場面。左上には幽霊となったさよの姿が描かれている。

［挿絵］四-三

「信《まこと》あれはいかなることをもまぬかるゝなり」
「むかし人ごくにそなへし子のおやまことの心より此なんをのがれしなり」

＊くじを引き当ててしまった弥之助を人身御供として捧げて、神主や村人らは逃げ帰る。

〈現代語訳〉

我身《わがみ》をほろぼす剣術《けんじゅつ》の師《し》

男子は陽をつかさどって勇猛であると言うけれども、思慮多くして怒るときも前後を顧み、女子は陰をつかさどってしとやかで美しいと言うけれども、思慮少なくて怒るときに前後をわきまえない。それにつけても、女の人のことを、仏さまが内心如夜叉と説きなさったのは、もっともなことである。

今は昔、黒田主水は出羽国の生まれであったが、若い時より京都に居住していた。息子が誕生すると、主税と名づけた。赤松家に仕官させたが、主税が二十三の年に、父主水は十日ばかりも吐血したので、家内の驚きは普通ではなく、さまざまと養生したけれども、結局どうしようもならなかった。妻は昼夜泣き暮らし、目もあてられぬ有様だけれども、どうしようもないことなので手厚く葬式を行ない、妻は髪を断ち切って、一間のうちに取り籠り、文をこと細かに書きしたため、ともに死のうとする様子なので、一門たちは集まり、さまざまと教訓を述べ、心をなぐさめて、腰元たちに密かに言いつけ、傍を離れずこっそり見張りをさせた。

一年ほど過ぎると、亡くなった者は月日が経つにつれ忘れられていくと言うように、妻も夫を次第に忘れていった。

湯あがりに薄化粧をし、ふたつわげの簪を挿した髷が美しく、銀のかんざしに、香木の薫りが漂い、緋かくしの三つ重ねに織りだした虎耳草〔図参照〕、切笹背入のたばこ入、墨絵の扇子に香の玉帯の下にも紙を折はさみ、丸りとみせた腰つきの歩きようさえ、以前とは変わり、早太鼓が打ち鳴っても、ゆったりと騒がぬ姿は、たしかにいいものである。

戎川通りの麸屋町に南川丹蔵といって、剣術指南の浪人がいた。主税の武芸の師範で、主水が生きていた時から家族ぐるみの付き合いは親密であったが、恋愛は思案の外で、丹蔵と後家はいつの頃からか親しくなって千年の後も一緒にいようと契りを交わして愛をささやく。この思いは変わらないと神に誓いを立てて、密会をしていたが、隠しても隠しきれない様子で、会うたびに思いが増し、ますます現れて人目につき、外聞も恥じない。主税は武士のすたりを怒り、一門中も聞き苦しく、堪えかねて忠告はしてみたけれども馬の耳に風で、焼石に水を注ぐように効果がなく、まったく聞き入れない。

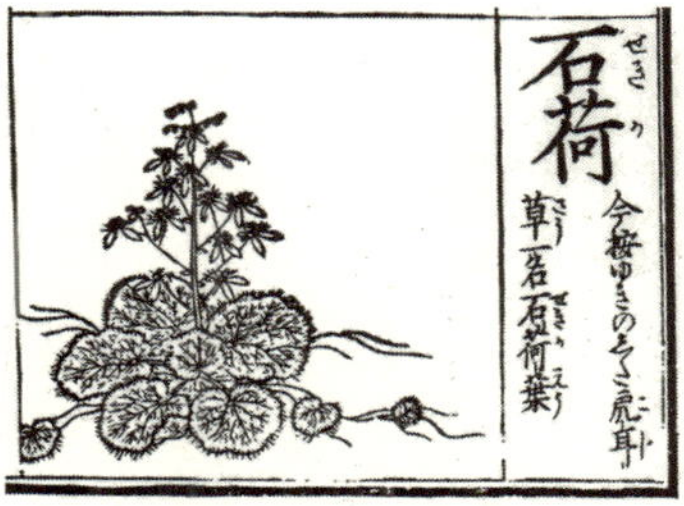

虎耳草（ゆきのした）
（『訓蒙図彙』より）

後家は自分の気持ちが表情に出て世間に知られているとは思いもよらないでいる。誰がこのことを漏らしたのか、ほかに知るものは一人もない。きっと、さよのやつめの口より漏れたにちがいないと、腰元を邪推し、いつかはこっそりと尋ねてみようとは思ったけれども、主税は世間を恥じて外出しないので、尋ねようもなかった。

だが、ちょうど主税は奈良に用があり、主命なのでやむを得ず、十日ばかりも外泊した。後家はこの留守をいいことに丹蔵と示し合わせ、腰元のさよを土蔵につれて行き、「丹蔵様と私の身の上を知っている人はいないはずなのに、世間へぱっと浮名が流れ、一門衆も入れ替わり毎日叱責にくる。お前が口外しなければ、外へ漏れるはずもない。ありのままに白状せよ、隠そうとしても隠させないぞ」と詰問する。腰元のさよは、思いもよらぬことなので、顔を赤くして涙をながし、「そのようなことをどうしてわたしが世間へ言いふらしましょうか。幼少の時より御世話になり、御恩のあるお家のこと。両親を誓文にかけて誓います」と言うのを捕えて、膝に敷き「言わねば許しておくものか」と傍にある細引縄を首に巻き、脅しのために一ゆすりした。逆上していたので、思わず手に力が入り、ウンといってさよの息がとまると、驚きあわてて、薬を与え、顔に水をふきかけ、抱えて、「おさよ、おさよ」と呼ぶけれどその甲斐もないので、途方に暮れた。「許してくれ、答えてくれ」と言うけれど、死顔を見ると恐ろしく、ぞっと身の毛がよだち、たちまち狂気のごとく走りだして、丹蔵にこのことを知らせた。

強気の丹蔵も驚いたが、しばらく思案して一人でうなずき、「お気づかいなされますな。晩にはかたをつけましょう。それまではいつものように、必ず顔にお出しなさるな」と言い含めた。だが、女心は夜になるほど後ろ髪をひかれるように底気味悪いと、居ても立っても居られず、今か今かと待っているところに夜半の鐘が聞こえただろうか。丹蔵は紺の袷に着がえて大脇差を隠し、死骸を引きよせ、さよの私物入れより外出用の晴れ着を取出して着せかえさせ、渋紙によく包み、肩に担いで、後家に向かって「明日、己の刻（午前十時ごろ）の過ぎる頃、このようにして欲しい。早いのもだめだし、遅いのもだめだ」とささやいて、どこへともなく出て行った。

後家は門戸のかけがねをかけ、少しは心も落ち着いたけれども、だいそれた罪を犯したことを思いめぐらしてただひたすら寝もせず起きもせずにいた。裏口に人が来たような気がして、透かして見ると、おさよの姿が現れて、「自分の恥を隠そうとして、よくも殺したな。その苦しさをいつかは思い知らせよう」と怒った顔が恐ろしく、嶋田髷〔図参照〕がほどけ、たちまちかき消えた。後家は気絶したが、しばらくして目を覚まし、うとうとともせずその夜を明かし、己の刻過ぎに、人を雇っておさよの家へ急いで使いを出した。「親もとへ相談事があるからといって、昨日の八つ過ぎ〔午後二時ごろ〕に休暇を願い、『もし夜がふけて帰らなかったとしたら、朝早々に帰ります』と言って私の家を出て行かれたが、今になっても何の連絡もない。風邪でもひいて寝ているのではないか、尋ねて来いと言われましたので、そのお使いで参りました」との使いの口上を聞いて、さよの両親は不審に思った。ちょうどその頃、「四条河原に女が死んでいる」と往来の噂を聞き、両親は胸に釘をさされたような心地がして、使いと一緒に川原に行ってみると、娘のおさよの死骸がある。あまりのことに茫然として、泣くにも泣けず、厳しく詮議したけれども、おさよの運が尽きたのであろうか、殺され損となり、両親、主人が葬式をして跡をねんごろに弔った。

早くも六年の月日が経ち、春も過ぎ行き、夏の夜に、主税の家

嶋田曲
（『好色訓蒙図彙』より）

へ数年も出入りしていた宮古やの覚平という酒ずきの律儀者が、酒に酔って良い気分で四条河原をぶらぶら歩き、蛍を紙に包み、堤を見ると、若い女中が供をも連れずにいる。これは大胆な女だと近寄ると、六年以前に死んだおさよであった。覚平はおおいに驚き、「こなたはたしか死んだはずだが、こりゃまあ、どこへ行くのか」と尋ねると、おさよは怒りの顔色で、「それはだね、この年月恨みを返そうと思っても、主税親子の運が尽きないので、むざむざと許していたのだ。だが今はもう、親子の運も尽きたので、すぐに思い知らせてやろう」という声ばかりがかすかに聞こえ、姿は消えてあとかたもない。覚平は酔いが覚めて、呆然と立っていたが、夢かと思えば夢ではなく、人に話すにも話せることではない。ただ、自分一人思い悩んで暮らした。

早くもその年が過ぎゆきて、春の花曇りの季節となった。主税は、友に誘われて、地主権現の花の下で終日酒を飲み、したたかに酔って夕暮れ過ぎに家に帰り、いつものように寝ていたが、辰の刻（翌朝八時ごろ）になっても寝間から起きてこない。後家が不審に思って行ってみると、主税は腹を十文字にかき切り、のど笛を突いて死んでいた。後家は見るとすぐに慌て騒ぎ、丹蔵へ知らせると、丹蔵の方からも知らせの人がある。使いと使いが行き違いになるとは、どのようなことだか様子がわからないけれども、丹蔵はたった今、雪隠で首をくくって死んだと告げたので、後家は頼りとするところもなく、途方に暮れる二人の最期である。

天罰の報いが一度に来て、だんだんと生活に苦しくなったので、京都の住まいも難しく、単衣物の着物でも売る品がなく、淀堤に小屋を建て、半年ほど暮らしていたが、八月の初めごろ、急な嵐で洪水となり、たちまちに堤が切れて、後家が住む小屋も流されて、水におぼれて苦悶の最期をとげた。実に、恐るべきことだ。

色欲のために人を殺し、自分の罪が我が身を苦しめる。このような話を聞くにつけ、慎むべきは色の道である。

〈類話〉

＊『諸国百物語』〔延宝五年（一六七七）〕五の十一「芝田主馬が女ばう嫉妬の事」

○鶴《つる》の嘴《くちばし》するどき託宣《たくせん》

*1鼠《ねずみ》は社《しや》によつて貴《たつと》しと。

今はむかし*2伊予《いよ》の国、江野村とかやいふ所に*3天王の社《やしろ》とてひとつの叢祠《ほこら》の（十オ）ありけるが、毎《まい》年祭《まつり》おこたる事なく祭礼《さいれい》の前夜には其村はいふに及ばず、近郷《きんがう》よりも酒菓魚鳥《しゆくはきよてう》その外《ほか》、種々《しゆ〱》の供物を献《けん》じ*4亥の刻までは*5神楽《かぐら》を奏《そう》し、神慮《しんりよ》を*6すゞしめ奉り、亥の刻過《すぐ》れば*7禰宜氏子《ねぎうぢこ》、「すはや今こそ神明の御出現《ごしゆつげん》ぞ」といふほど社《こそ》あれ、其村他《た》村の者《もの》どもまでみな一同《どう》にうち連《つれ》て、われさきにと逃《にげ》かへれば、あとは虫の音《ね》かすかに聞へ物さびしくも更《ふけ》わたる。

暫《しば》らくありて、社壇《しやだん》の内、半時ばかり鳴動《めいどう》し、またしづまりて音《おと》もなし。翌日《あくる》未《み》明《めい》に氏子《うぢこ》ども、今年も神明の御機嫌《きげん》よろしく出現（十ウ）［挿絵］ありしと悦《よろこ》びあひて行てみれば、宵に供し酒

1 **鼠は社によつて貴し**…諺。社の鼠をいぶして退治しようとしても、社まで焼く恐れがあるので火をたくことができず、鼠はますます横行する。君主の側近の小人や悪臣の除き難いことのたとえ。

2 **伊予の国**…伊予は現在の愛媛県。江野村は河野郷を指すか。現在の愛媛県松山市北条付近。

3 **天王の社**…牛頭天王を祀る社。愛媛県越智郡朝倉村にある多伎神社、愛媛県松山市にある素鵞神社、今治市の樟本神社のいずれかを指すか。

4 **亥の刻**…現在のほぼ午後九時から一一時まで。

5 **神楽**…伊予神楽を指すか。十三番目の「大蛇舞之事」が大蛇退治。

6 **すゞしめ**…清める。祭事を行なって神をなぐさめる。

7 **禰宜**…神主・宮司の下に位置する神官。

さかな少《すこ》しも残《のこ》らず、*8木具《きぐ》なとは微塵《みぢん》に成て砕《くだ》けちる。

斯《かく》あやしき事、数年来《すねんらい》、その後《のち》いつの比《ころ》にかありけん、「*9鬮《くじ》どりにして男女にかぎらず八九才ばかりなる児《こ》を*10人御供《ごくう》にたてまつれ、神慮《しんりよ》に背《そむ》かば祟《たゝ》りをなさん」と御託宣《たくせん》ありしとて人御供《ごくう》をおこなひければ、農民《ひやくしやう》どもおぢ恐《おそ》れ、今年の鬮《くじ》は誰《たれ》の児《こ》にかと親たるものゝ心のくるしさ、家業《かげう》の耕作《かうさく》すてをきて、日夜なげきくらせしが、中にも才覚ある親は近国《きんごく》の縁類《えんるい》へ養子《ようし》につかはし、あるひはまた上方《かみがた》に*11主《しゆ》どりて奉公《ほうこう》（十一才）に出《いだ》さんと聞と、其《その》まゝ*12庄官年寄《しやうやとしより》*13平農民《ひらびやくしやう》ども大に怒《いか》り、「今此時に誰《たれ》あつて児《こ》を思はぬものあるべきや。一人にても他国《たこく》へ出す事堅《かた》く無用」とふれければ、此企《くはだて》もぜひなくやみて、たゞ泣《なき》くらす計なりしが、はや夏《なつ》もたち秋《あき》にもなれば、例《れい》のごとく神事の催し魚鳥《ぎよてう》をはじめ、種《しゆ》〳〵の献物《けんもつ》、なかんづく神託《しんたく》の人御供を献《けん》ずるとて近在近郷《きんざいきんがう》ふれまはし、「来《きた》ル何日《いくか》吉日なれば神前《しんぜん》にて、鬮《くじ》どりぞ」と児《こ》をもつ親は泣《なき》しづめど、神託の事なればかくしをきて今般《このたび》の人御供《ごくう》はの

8 **木具**…檜の白木で作った器物。特に足付きの折敷。木具膳。

9 **鬮どり**…くじを引いて事を決めること。くじびき。

10 **人御供**…人身御供。人のからだを神へのそなえものにすること。いけにえ。

11 **主どりて**…新たに主人に仕えて。

12 **庄官年寄**…庄屋年寄で普通は一人役。庄官は江戸時代、一つの村里のかしら。領主の命によって、代官・郡代のもとで、納税の監督、農耕の指導、人事の管理などを行なった。

13 **平農民**…平百姓。公租・公課を負担する百姓。本百姓・小百姓とも。家抱百姓、水呑百姓などを含まない。

がる〻とも神の見入し事なれば、終《つゐ》には命《いのち》あるべ（十一ウ）からずと涙《なみだ》かた手に集《あつま》りくる。

神主《かんぬし》きよめの祝詞《のつと》をさゝげ、三方《ほう》*14の鬮《くじ》もち出《いづ》れば、いづれも顔色土《がんしよくつち》のごとく、神主もなみだながら、「その載《のせ》をきし鬮の中《うち》に神といふじを書《かき》たるが人御供《ごくう》のしるしなり。取《とり》あたりしが神の告《つげ》。かならず我《われ》をうらみ給ふな。はやとく〱」とさし出《いだ》せば、庄官をはじめ段〱に、鬮を取てひらきし所に、江野村に弥平といふ極貧窮《ごくひんきう》の者なりしが、わづかの田地《てんぢ》に命をつなぎ、一人の母を養《やしな》ひて世をあぢきなく*15くらせども、生得《しやうとく》律気《りちき》*16一偏に譌《いつわり》げなきものなれば、皆人《みな》これをあはれめり。いか（十二オ）なる因果《いんぐは》のむくひにや。天にも地《ち》にも一人児《ひとりご》の弥之助に鬮あたればふたりの親は狂気《きやうき》のごとく、臥《ふし》もだへ泣《なき》かなしみ、弥之助を膝《ひざ》にのせ、「我不《ふ》孝《こう》にして鬮《くじ》にあたれり。これも前世《ぜん》のむくひにして定《さだ》まる事とは思へども、次第につもる年《とし》なれば、老《おひ》のたのしみ、夢の間《ゆめま》*17も忘《わす》る〻ことのあらばこそ。神《かみ》ほとけへもねがひをかけ、息才《そくさい》に暮《くら》せ

14 **三方**…角形の折敷に、前と左右との三方に「刳形」もしくは「眼象」と呼ばれる透かし穴のあいた台のついたもの。多く檜の白木で作られ、神仏や貴人へ物を供したり、儀式の時に物をのせるのに用いる。三宝。

15 **あぢきなく**…余裕なく。

16 **律儀一偏**…まじめに。

17 **夢の間**…少しの間。

かし、長寿《ながいき》をせよかしと、わが年のつもるも知らず、はやう成《せい》人してくれと撫《なで》つさすりつ育《そだ》てしに、神事《しんじ》の為に殺《ころ》さんとは、神は氏子《うぢこ》をまもるこそ加護《かご》、擁護《おうご》ともいふべきに、人たるものを御供とはいか（十二ウ）なる神の御《み》こゝろぞ。汝、今般の御神事に一命を失《うしな》ふは是非《ぜひ》なき事とあきらめてうつくしう死んでくれ。汝がなき跡とふらひてすぐに我らも追《おつ》つかん」と嘆きくらし、泣《なき》あかして既にその日に成しかば、沐浴《もくよく》に身を清《きよ》め暮るを最期と泣しづむ。

然《しか》るに、その日の昼《ひる》さがり、社《やしろ》の後《うしろ》に[*18]三丈余《じやうよ》の松の木の有けるに折《おり》ふし鶴《つる》の枝《えだ》に[*19]巣《す》をくひ雛鶴をやしなひしに、下《した》よりその長《たけ》[*20]二丈もあるべき[*21]蟒蛇《うははみ》雛《ひな》鶴を目にかけて、かの松の木を巻のぼる。農民ども、これを見《み》て、「あれよ〳〵」といふ中《うち》に、ほどなく鶴の巣《す》にちか（十三オ）つく。雌雄《つがい》の鶴《つる》は、すこしも恐《おそ》れず、蟒蛇《うはばみ》を屹《きつ》と見て目《ま》たゝきもせずにらみつけ、もはやその間わづかばかり、[*22]一間たらずと見へける時、雌雄《つがい》の鶴は一時に、觜《くちばし》ならし[*23]羽《は》を

18 **三丈餘**…約十メートル。
19 **巣をくひ**…鳥また、昆虫が巣を作り構える。巣をかける。すくう。
20 **二丈**…約六、七メートル。
21 **蟒蛇**…大蛇。
22 **一間たらず**…一間は、約一・八二メートル。
23 **羽をのして**…羽を大きくひろげて。

のして、蟒蛇《うはばみ》の頭《かしら》のかた、觜《くちばし》にてか*24つしとあつれば、一羽《は》の鶴も
また飛来《とびきた》り、入かへ〳〵あつるにぞ。
蟒蛇《うはばみ》たちまち解《とけ》おつれば、鶴もそのまゝ飛さがり、蟒蛇のあ*25ぎとの下《した》より腹《はら》をかけて簾《すだれ》のごとくたちところに引裂殺し、はじめの巣に帰る。

人々、これを見、「あら、すさまじや。かゝるしはざを目のまへに見つる事よ」と立かへり、庄官へかくとつけければ（十三ウ）、近在近郷《きんざいきんがう》聞つたへ、我も〳〵とはしり行見れば、まことに言葉《ことば》にたがはす、蟒蛇《うはばみ》は引さかれ、血《ち》は草《くさ》の葉《は》をひたしければ、神社《しんしや》のけがれをおそれ入、蟒蛇をとりすてさせ、神酒《みき》たてまつり、香《かう》をたき、清《きよ》めの神楽《かくら》を奏《そう》しける。

実《げに》、秋《あき》の日のならひとて、程《ほと》なく暮《くれ》にちかづきければ、神前《しんぜん》に*26あら草薦《こも》しき、弥之助には*27浄衣《じやうえ》を着《き》せ、人御供とてたてまつれば、ふたりの親はいふに及ばす、見る人袖《そで》をしぼりしが、宵《よひ》より賑《にきは》ふ祭礼《さいれい》の亥の刻《こく》すくれは、いつものごとく、「すは刻限《こくけん》ぞ」と

24 **かつし**…固い物がぶつかってたてる、激しい音を表わす語。

25 **あぎと**…あご。

26 **あら草薦**…神事に敷物として用いる新しい薦。

27 **浄衣**…清浄な衣服の総称。白布または白絹の狩衣。神事や祭事に着用するもの。

いふやいなや、みな我さきにと逃《にげ》さりて、社内《しやない》（十四オ）ひつそとしづまれば、農民《ひやくしやう》はこと〳〵く神主《かんぬし》かたにつどひより、耳《みゝ》をすまして社壇《しやたん》のようす、今や〳〵と聞けれども、松ふく風の音《おと》のみなれは、「さては今夜《こんや》の人御供至《いた》つて神慮《しんりよ》にかなひしぞ」と夜のあけわたるを待《まち》かねていづれもいざなひ社内《しやない》に行《ゆけ》は、弥之助はあら草薦《こも》にいねふり臥《ふし》て恙《つゝが》なく、そなへおきたる酒菓魚鳥《しゆくはきよてう》、少《すこ》しも損《そん》する事なければ、両親は悦《よろこ》びて天を拝《はい》し地を礼《らい》し弥之助をいだきとる。

神主不審《ふしん》し、弥之助に宵《よひ》の事ども尋《たつ》ぬれは、「すこしの間《あいた》はおぼへしか、いつのまにかは寝たり」と語（十四ウ）れば、人〳〵心つき、「扨《さて》はこれまで供物《くもつ》をとり、酒さかなをくらひしも、昨日《きのふ》鶴に殺《ころ》されし蟒蛇のわざなるべし。毎《まい》年の託宣《たくせん》もこれまで年《とし》ふる蟒蛇なれば、神子《みこ》の心に入かはり、人御供をはじめ、酒菓《しゆくは》をくらひ氏子の命《いのち》を取《とり》し事、神明《しんめい》なげきおぼしめし。ことに弥平が心を感《かん》じ、神力《しんりき》鶴にそへ給ひ、弥之助が一命《めい》を救《すく》はせ給ふに違《ちが》ひなし」と、蟒蛇には木を切《きり》かけ、藁《わら》をつみて焼《やき》すてたり。氏子ともはふしおがみ、「実《げに》ありがたき御めぐみ。末世《まつせ》にはおよべども、氏子を擁護《おうご》し給ふ事、いにしへ今も（十五オ）相《あい》おなじ。かならず、疑《うたか》ふ事なかれ」とやしろに行て拝《はい》しける。

新選百物語巻四終（十五ウ）

〈現代語訳〉
鶴《つる》の觜《くちばし》するどき託宣《たくせん》

鼠は社によって貴しと言う。

今は昔、伊予の国江野村とかいうところに、天王の社といってひとつの祠があった。そこでは、毎年怠ることなく祭礼を行ない、祭礼の前夜には、その村はもちろん近郷からも、酒菓魚鳥、その他いろいろな供物を献じ、亥の刻までは神楽歌を奏して、神の御心を慰め申し上げた。

亥の刻（午後十時前後）を過ぎて、禰宜、氏子が「それ、今こそ神明の御出現ぞ」と言うとすぐに、その村やほかの村の者どもまで皆一同にうち連れて、先を争って逃げ帰ると、あとは虫の音がかすかに聞こえ、物さびしくもさえわたる。

しばらくすると、社壇の内が半時（一時間）ばかり鳴動し、また静まって音もしない。翌日の未明に氏子どもが、「今年も神明の御機嫌よろしく、ご出現があった」と喜びあって行ってみると、宵に供えた酒や肴がひとつも残っていない。木具などは微塵に砕け散っている。このように奇怪なことが数年来続いていた。

その後は、いつの頃であっただろうか。「くじ引きで、男女に限らず、八、九才ほどの子どもを人身御供として奉れ。神慮に背いたならば、祟りをなすぞ」という御託宣があったと言って人身御供を行なったので、農民どもはひどく恐れ、今年のくじは誰の子になるかと、親の心には耐え難い辛さであった。家業の耕作を捨て置いて、日夜嘆き暮らしていたが、なかでも才覚ある親は、近国の親類へ養子にやったり、あるいは、上方に主を求めて奉公に出そうとした。それを聞くとすぐに、庄屋、年寄、平百姓どもは大いに怒って、「今この時に誰であっても子どものことを思わないものがいるだろうか。一人でも他国へ出すことは、堅く禁ずる」と触れまわったので、この計画も仕方なくやめて、ただ泣き暮してばかりであった。

早くも夏が過ぎ、秋になったので、いつものように神事の催しのため、魚や鳥をはじめ、種々の献上品の中でも、とりわけ神のお告げの人身御供を献上するといって、近郷へ知らせ回った。「この次の何日は吉日なので、神前でくじ引きだ」と、子どもをもつ親は泣き伏すけれど、神託の事なので、隠し置いてこの度の人身御供は逃れたとしても、神は見通していることなので、結局命はないだろうと、泣く泣く集まった。

神主は清めの祝詞を捧げ、三宝〔次頁図参照〕の上のくじを持ち出すと、誰もが土のように顔色が悪く、神主も涙ながら、「その載せておいたくじの中に、神という字が書いてあるのが人身御供のしるしである。引き当てたのが神のお告げであるから、決して私をお恨みなさるな。さあ早く早く引きなされ」と差し出すと、庄屋を先頭に、次々にくじを取って開いた。

ここに、江野村の弥平という、とても貧しい者がいた。わずかの田地を耕して命をつなぎ、一人の母を養って、世を味気なく暮らしているけれども、生まれつき実直な正直者なので、皆がこれを憐れんでいた。

どういう因果の報いだろうか。この世にたった一人の弥之助（弥平の子）にくじが当たったので、弥平夫婦は狂気の如くもだえ泣き悲しみ、弥之助を膝にのせ、「おまえは不幸にしてくじに当たってしまった。これも、前世からの報いで決まっていることとは思うけれども、次第に成長して年月を重ねていくのを、老後の楽しみにし、少しの間でも忘れることなどなかった。神仏へも願をかけ、元気に暮らしてほしい、長生きをしてほしいと、自分が歳をとるのも知らず、早く成人してくれと、なでたりさすったりして育てたが、神事の為に殺されようとは。神は氏子を守るもので、ご加護くださる存在ともいうはずなのに、人を御供え物とするとはどのような神の御心だろうか。おまえが、この度の御神事で小さな一命を失うのは仕方のないことと諦めて立派に死んでくれ。おまえが亡くなった跡を弔ってすぐに我らも跡を追っていこう」と、嘆き暮らし、泣き明かした。いよいよ祭礼の日になったので、沐浴で体を清め、日が暮れるのを待って泣きしずんだ。

三方
（『仏像図彙』より）

ところが、その日の昼さがり、社の後ろに三丈（約十メートル）ほどの松の木があったが、ちょうど鶴が枝に巣を作り、雛鶴を養っていたが、下から長さが二丈（約七メートル）もあるような大蛇が雛鶴をめがけて松の木をはい登ってくる。農民どもはこれを見て、「あれよあれよ」と言っている間に、ほどなく鶴の巣に近づく。つがいの鶴は少しも恐れず、大蛇をきっと見て、またたきもせずに睨みつけた。すでにその間もわずかで、一間（約一・八メートル）足らずと見えた時、つがいの鶴は同時に觜をならし、一羽が翼を広げて大蛇の頭を觜で、かっしと激しく当てると、一羽の鶴もまた飛びかかり、入れ替わりたちかわりつつく。たちまち大蛇が木から落ちると鶴もすぐに飛びおり、大蛇のあごの下から腹にかけてを、たちまちに簾のように引裂いて殺し、はじめの巣に帰った。

人々はこれを見て、「これは凄まじい、このようなありさまを目の前でみてしまった」と立ち帰り、庄屋にその次第を告げた。近郷の者たちは人づてに聞き、我も我もと走って見に行くと、本当に言った通りだった。大蛇は引き裂かれ、血は草の葉を濡らしたので、神社の穢れを恐れて、大蛇をとりすてさせ、神酒を献上し、香をたいて、清めの神楽歌を奏した。

秋の日の習いで程なく暮に近づいたので、神前にあら草薦を敷き、浄衣を着せた弥之助を人身御供として献上すると、両親はもちろん、見ている人は袖を絞って泣いたが、宵から賑う祭礼が亥の刻を過ぎて、いつものように「さあ刻限だ」と言うとすぐに、みな我先にと逃げ去って社内はひっそりと静まった。農民はことごとく、神主かたに集まり社壇の様子を今か今かと耳をすまして聞くけれども、松の枝や葉に吹く風の音ばかりなので、「さては、今夜の人身御供は、神慮に叶った」と夜が明けわたるのを待ちかねて、みなが誘いあって境内に行くと、弥之助は薦の上で居眠りをして無事でいる。供えておいた酒菓魚鳥は、少しも無駄になることがなかったので、両親は喜んで、天を拝し地を礼し、弥之助を抱き取った。

神主は不審に思い、弥之助に宵のことなどを尋ねると、「すこしの間は覚えているが、いつのまにか寝てしまった」と語るので、人々は心づき、「さてはこれまで供物をとり、酒さかなを食らっていたのも、昨日鶴に殺された大蛇の仕業であろう。毎年の託宣も、これまで年をとった大蛇が、巫女の心に入かわり、人身御供をはじめ、酒菓を食らい、氏子の命を取ったことを神は嘆げかわしく感じなさり、とりわけ弥平の心を感じ、神力を鶴に与えなさって、弥之助の一命をお救いになったに違いない」と言って、大蛇の死体にたき木や藁を積んで、焼捨てた。

氏子どもは、伏拝み、「実にありがたき御めぐみだ。末世にはおよべども、氏子をお守りくださることは、昔も今も同じで、決して疑うことなかれ」と社に行って拝した。

新選百物語巻四終（十五ウ）

〈類話〉

＊『古今著聞集』〔建長六年（一二五四）成立〕巻第二十・七一八「摂津国岐志の熊鷹、大蛇を食ひ殺す事」／『古今犬著聞集』〔天和四年（一六八四）自序〕四・一八「鷲蛇を防し事」／『訓蒙故事要言』〔元禄七年（一六九四）刊〕巻八・一九一「巨蛇食レ鶴ヲ」／『御前於伽』〔元禄十五年（一七〇二）〕巻二の三「是ハ播磨　舟越山瑠璃寺にて鸛の雛を蛇にとられ怨を報し事」／『拾遺御伽婢子』〔宝永元年（一七〇四）刊〕巻五の一「武功に因つて犠を止む」／『新著聞集』〔寛延二年（一七四九）刊〕才智篇・第十五「巣鷲蛇をふせ

ぐ」／『大和怪異記』〔宝永六年（一七〇九）刊〕四の二「下総国鵠巣の事」／『西播怪談実記』〔宝暦四年（一七五四）刊〕巻五「西本郷村にて燕蛇を殺せし事」／「鷹の恩返し」〔東宇和郡〕（武田明7『伊予の民話』所収・一九五八年・未来社）など

新選百物語《しんせんひやくものかたり》 巻五

○思ひもよらぬ塵塚《ちりづか》の義士《ぎし》

*1良薬《りやうやく》は口《くち》に苦《にが》く、金言《きんげん》耳に逆《さか》ふとは古人《こしん》の教《をしへ》、むへなるかな。

今はむかし、*2信州桐嶋村《しんしうきりしまむら》といふ所に、*3高山《たかやま》武左衛門といふ人あり。

主君《しゆくん》を諫《いさめ》て用《もち》ひられず、病気《ひやうき》と称《せう》して暇《いとま》をとり、此村に引退《しりぞ》き、*4手習素読《てならひそとく》を業《けう》として世《よ》をおもしろく送《をく》られしか、生質柔《せいしつにう》□(和カ)□(でカ)慈愛《しあい》ふかく、所の老若《らうにやく》うやまひ尊《たつと》ひ、他《た》の村よりもこれを信《しん》じ、門弟多《もんていおゝ》くあつまりけれは、何とぞして今二《ふた》間も建《たて》そへたくは思へども、諸門人《しよもんじん》村中《ちう》へ苦労《くらう》の（一オ）か〻る事なれば、其《その》ま〻にてぞ過行《すきゆき》ける。

村中にも武左衛門の不自由《ふじゆ》の住居《ちうきよ》をみるにつけ、場所《はしよ》もかなと

1 **良薬は口に苦く金言耳に逆ふ**…諺。『説苑』に「孔子曰ク、良薬ハ口ニ苦ケレドモ病ニ利アリ、忠言ハ耳ニ逆ヘドモ行ニ利アリ」とあるによった句。良い薬は口に苦く感じ、忠義な言葉は耳に入りにくい。

2 **信州桐嶋村**…信州の桐嶋村は未詳。あるいは長野県松本市東部の桐原村のことか。

3 **高山武左衛門**…未詳。

4 **手習素読を業**…習字を教えたり、書物、特に漢籍（四書五経など）を教えたりして生業としていた。

求《もと》むれども、相応《さうおう》の地《ち》もなかりしが、その比狐屋鋪《ころきつねやしき》とて皆人《みな》恐《おそ》れて住《すま》ざれば、五年はかりも□(明カ)地《ち》となりし＊5九間《けん》四面《めん》の＊6塵塚《ちりつか》あり。これ幸《さいはい》の所と思へど、狐屋敷といひふらせは達《たつ》てすゝめて凶事《けうし》あら□(ばカ)後悔《こうくはい》するとも甲斐《かい》あるましと此相談《さうたん》もやみけるに、十兵衛といふ＊7村年寄《としより》、その座《ざ》に居合《ゐあは》せよく〳〵思《し》案し、「一とほりは尤ながら、常《つね》の人とはことかはり、元《もと》＊8武門より出《いで》給へば、＊9虚誕《きよたん》の説《せつ》は用《もち》ゆまし。何ぶんにも（一ウ）其おもむき一応《おう》くはしく申入、御返答にまかすべし。第《たい》一かの人居しき給へは、これまでの塵塚の人の住家《すみか》となる事なれば、かれ是もつて大慶《たいけい》そ」と庄官とも〳〵同道《どう〳〵》にて武左衛門へ対面《たいめん》し、狐屋鋪の始終《ししう》を語《かた》れば、武左衛門手を打て、「思ひもよらぬ御深切《しんせつ》、御礼申つくされず。もはや数年《すねん》の明地《あき》にて、今塵塚《ちりつか》となりたれ□□□(欠字)ぞ狐の住《すむ》べき」と一礼をのべ、たのまるれば、村中も悦ひて塵塚とりすて家造《やつくり》も心のまゝに成就《じやうしゆ》して、武左衛門も家うつりの祝義《しうき》も＊10千秋万《せんしうはん》々歳《せい》、酒の（二オ）きげんの千鳥《ちとり》あし、皆《みな》〳〵宿《やと》に帰《かへ》りける。

5 **九間四面**…一間は六尺（約一・八二メートル）。九間四面は、約十六メートル四方。

6 **塵塚**…塵やごみを捨てる所。はきだめ。ごみため。

7 **村年寄**…各村に一人～三人程度置かれた村役人で、庄屋の補佐をした。

8 **武門**…武士の家筋。

9 **虚誕**…事実無根のことを、おおげさに言うこと。でたらめ。虚妄。

10 **千秋万々歳**→千秋万歳…千年万年。転じて、永久、永遠。また、それを願うことば。

武左衛門は悦ひの、われ独身《ひとりみ》の気さんしは心*11にかゝる山の端もなく、虫《むし》の音《ね》を友《とも》として折しも秋《あき》のなかばとて、月いとしろくさへわたれば、古言《ふること》どもの思□□□《(欠字)》今宵*12《よひ》一輪《りん》みてりなと扇子*13《あふぎ》ひやうしをたのしみしに、三更*14《かう》の鐘《かね》つげしかば、「いざまどろまん」と小屏風《こびやうぶ》引立《たて》、臥 具*15《ぐはく》うちかづき寝《いね》けるに、秋風さつと*16ふきわたり、傍《あたり》にありし燈《ともしび》の消なんとして又あきらかに心ほそけに成ける時、路次下駄*17《ろじげた》の音かすかに聞《きこ》ゆ。

あら心得ずと思ふうち、ぐはたり〳〵と近《ちか》づけは（二ウ）武左衛門はしたゝか者*18《もの》、刀《かたな》引よせ、息《いき》をつめよらは切んとうかゞひしが、暫《しばら》くありてくるしけに、「稲瀬《いなせ》九兵衛を討《うつ》てたべ。武士《ぶし》と見込《みこん》て此事をたのみ申」といひつゝけ、八声*19《やこへ》の鶏《とり》ともろともに、いづちともなく失けるが、武左衛門は生質《うまれつき》剛勇《がうゆう》不敵《てき》のものなれば、人にもいはで過《すぎ》けるが、刻限《こくげん》もたがはゞこそ、毎夜《まいや》来りてたのむにぞ。

五日めには武左衛門すて置《をく》事もなりがたく、□□□《(欠字)》躰《たい》を見とゝ

11 **心にかゝる山の端もなく**…「心にかかる山の端もなし」という古歌のように、何の気がかりもない身の上。風雅集・釈教「出づるとも入るとも月を思はねば心にかかる山の端もなし」（夢窓国師）

12 **今宵一輪みてり**…一輪は、月のこと。「今宵一輪満てり」（謡曲『三井寺』）などを踏まえた表現か。

13 **扇子ひやうし**…歌などをうたう時に、扇で手のひらを打ち鳴らして、拍子を取ること。

14 **三更の鐘**…およそ午前零時から二時までの間に打つ鐘。

15 **臥具**…寝るのに用いる道具。蒲団、枕の類。

16 **さつと**…にわかに。

17 **路次下駄**…庭下駄。杉材で作り、竹の皮の鼻緒をつける。

18 **したゝか者**…気丈な者。剛の者。

19 **八声の鶏**…明け方に何度も鳴く鶏。

けんと宵《よひ》より用意《ようい》し待《まつ》ところに、いつものごとく来《きた》りしを、武左衛門声をかけ、「何奴《なにやつ》□□《(なれカ)》ば夜《よ》ことに来り、かくのごときの頼《たの》み事、人も多《おゝ》きに我《われ》を欺《あざむき》（三オ）たぶらかさんとする事は」と屏風を取《とつ》て引のくれば、幾年《いくとし》かへし髑髏《されかうへ》、武左衛門は吃《きつ》と□《(見カ)》て「おのれ、まことの姿《すかた》をあらはせ。さなきにおゐては微塵《ぢん》になさん」と刀《かたな》おつ取《とり》つめかくれは、髑髏《どくろ》は傍《そば》□□《(欠字)》ひよりいとくるしげ成声を出《いだ》し、

「全《まつた》く狐《きつね》たぬきにあらず。拙者《せつしや》は坂崎《さかさき》勘七とて、もと江州《こうしう》[20]の浪人《らうにん》もの。新居里《にいさと》村にくらせしに、十年已然《いぜん》の事なりしが、身上《しんしやう》の望《のそみ》あり。関東《くはんとう》[21]おもてにくだるにつき、留主《るす》の父《ちゝ》には妾《せう》をつけ置《おき》、わが身《み》は旅路《たびぢ》におもむきたり。然《しか》るに近郷《きんごう》名《な》[22]にうてし稲瀬《いなせ》九兵衛といふ浪人、傍《ほう》（三ウ）若無人《じやうふじん》の行跡《かうせき》にて万事《ばんし》に奢《をごり》つよけれは、ます〳〵貧《まづ》しかりけるが、我父《わがちゝ》これを憐《あはれ》みて、浪人の身《み》の困窮《こんきう》は至《いた》つて難渋《なんじう》なるべしと、折にふれては米銭《べいせん》[23]なと心つけをいたせしに、よき事こそと思ひてや、後《のち》〳〵は九兵衛よりひたと[24]

20 **江州**…江州は近江国（滋賀県）の別称。新居里村は未詳。あるいは滋賀県北部の浅井郡にあった新居郷を指すか。

21 **関東おもて**…関東方面。

22 **名にうてし**…名高い。だれでも知っている。名うての。

23 **米銭**…米穀と金銭。

24 **ひたと**…ひたすら。いちずに。

合力《かうりよく》すくひの書通《しよつう》。そのたひ〳〵に多少《たしやう》によらす、金銀《きん〳〵》□(欠字)□□つか□(欠字)□□□□□□□□□□□□□□□□□□□□□□なすもあきれるは習□(欠字)□□□□□□□□□□□□□□□□定宿《でうやど》に美作《みまさか》*25の国勝《くに》□(欠字)□□□□□□□□□□（四オ）其行《ゆき》かたのしれされば、一年ばかり方《はう》〳〵と縁を求て聞合せば、今信州《しんしう》に逃《にげ》くだり、商人《あきんど》に身《み》をやつすと聞とそのまゝ当所《とうしよ》にくたり、五年か間《あいた》尋ねしに、なさけなや、六年已前《いぜん》、時疫《じえき》*26の為《ため》にむなしくなり、今はのときに至《いた》りても、ちつとも忘《わす》れぬ父《ちゝ》の仇《あた》、むくはずして果《はつ》るかとなげきなからに死たりし。

其魂魄頭《こんはくかしら》にのこり、かく御たのみ申なり。我死後《しご》、こゝに住人《すむ》にたよりてこれを頼めども、恐れて立退《たちのき》給ふゆへ、狐屋鋪と名をつけて塵塚《ちりつか》となりはてたり。ェヽ残念や。人もがなと思ふ心の通《つう》しけん。貴士《きし》この（四ウ）［挿絵］ところに移《うつ》り給ふと扨《さて》は我願《ぐはん》かなひしと、盲亀《もうき》*27の浮木《ふぼく》を得《え》たるがごとし。九兵衛はたゞ今医者《いしや》と成、名《な》を鉄庵《てつあん》とあらためて、藤谷村《ふじたに》*28に居住《きよぢう》せり。何《なに》とぞ

25 **美作の国勝□□□**…美作の国勝田郡を指すか。現在の岡山県北東部。

26 **時疫**…流行病。

27 **盲亀の浮木**…（海中から百年に一度しか浮かび上がってこない盲目の亀が、海面に首を出した時、流れただよっている浮木の一つしかない穴に首がちょうどはいるという、雑阿含経、涅槃経などにある話から）会うことがきわめてむずかしいこと。めったにないことのたとえ。

28 **藤谷村**…未詳。

彼《かれ》を御手《て》にかけ、わが妄執《もうしう》をはらさせ給へ」といふかと思へば忽《たちまち》に髑髏《どくろ》は消《きへ》て失《うせ》ければ、武左衛門は涙《なみだ》をながし、亡者《もうじゃ》の心底《しんてい》おしはかり、藤谷村を尋ぬるに、江州《ごうしう》の産《さん》の医者《いしゃ》なりとて杦村鉄《すぎむらてつ》庵《あん》と表《おもて》に書《かき》しるせば、夜《よ》に入、ひそかに尋ね行《ゆき》、亡者《もうじゃ》の告《つげ》し詞《ことば》の品《しな》〲残《のこ》るかたなくいひきかせ、九兵衛を討《うつ》て立帰《たちかへ》り、勘七が霊魂《れいこん》へ首を供《そな》へて（五オ）拝をなし、その後《のち》、首《くび》を土中《とちう》に埋《うづ》み、扨《さて》われ武士《ぶし》として勘七へ約《やく》をたがへず、九兵衛を討《うて》ば、霊魂《れいこん》の望《のぞみ》のまゝ妄執《まうしう》を散《さん》ずべけれど、我また九兵衛にすこしも仇《あた》なし。よく〲思へば御仏《みほとけ》のわれに菩提《ぼだい》をすゝむるぞと始終《しじう》の事どもくはしく書置《かきをき》、*29もとゞりおしきり封《ふう》じ入、壁《かべ》にのこして出《いで》られしが、其《その》行末《すゑ》をしらずとぞ。

29 もとゞりおしきり…髪を髻の部分から切り落とす。出家する。

〈現代語訳〉

思ひもよらぬ塵塚《ちりづか》の義士《ぎし》

良薬は口に苦し、忠義な言葉は耳に入りにくいとは古人の教えであるが、もっともなことだ。今は昔、信州桐嶋村に、高山武左衛門という人がいた。主君を諫めたために登用されず、病気と称して暇をとり、この村に隠居して、手習や素読の師匠をして晴れ晴れと日々を送っていた。人柄は柔和で慈愛深く、その土地の老若が尊敬し、他の村からも武左衛門を信じて門弟が多く集まったので、どうにかして、もう二間ほども建て増しをしたいとは思っていたが、門人たちや、村中へ苦労をかけることなので、そのままにして過ごしていた。

村の者も、武左衛門の不便な住居を見るにつけ、よい場所があったらなと求めたけれども、適した土地もなかった。その頃、狐屋敷といって皆が恐れて住まないので、五年ばかりも空地となった、九間四面（約十六メートル四方）の塵塚があった。これ幸いと思ったけれども、狐屋敷と言いふらされているので、無理にすすめてよくないことがあったらば、後悔してもどうにもなるまいと思い、相談もしなかったが、十兵衛という村年寄がその座に居合せ、よくよく思案し、「皆の意見は一応はもっともながら、（武左衛門は）常の人とは違い、元は武家の出でいらっしゃるので、根拠のない説は用いられますまい。ともかく、事情を一通り詳しくお話して、御判断にゆだねるのがよろしかろう。第一、あそこに人が住むことになれば、これまで塵塚だったところが人の住家となるので、いろいろと結構なことではないか」と庄屋ともども同道して武左衛門へ対面し、狐屋敷の始終を語った。すると、武左衛門は手を打って、「思いもよらぬご親切。御礼申しつくされません。もはや数年の空地で、今は塵塚となっているとか、狐が住むはずもなかろう」と一礼をのべて頼むので、村中もよろこんで塵塚を取り壊し、家の造作も思い通りに出来上がり、武左衛門も引っ越し祝いの千秋万歳をとなえ、皆も祝い酒に酔った千鳥足で家に帰った。

武左衛門は独身でこのうえなく気楽なため、気掛かりなことはなく、虫の音を友として暮らした。ちょうど秋の半ば頃、月がとても白くさえわたっているので、古言を思いだし、「今宵一輪みてり（今夜の月はきれいだね）」など扇子で拍子をとって楽しんだが、三更（深夜零時頃）を告げる鐘が鳴ったので、さあ寝ようと小屏風を引き立て、寝具をかけて寝たところ、秋風が急に吹きわたり、傍にあった燈火が消えて、あきらかに物寂しくなった時、下駄の音がかすかに聞こえた。

何事かと思っていると、がたり、がたりと音が近づく。武左衛門はつわものだから、刀を引よせて息を殺し、寄ったらば切ろうと、様子をうかがっていた。しばらくすると苦しそうな声で、「稲瀬九兵衛を討ってくだされ。武士と見込んでお頼み申す」と言い続け、夜明けの鶏が鳴く頃には、どこへともなくいなくなった。武左衛門は生まれつき、剛勇不敵の者なので、人にも言わず過ごしていたが、毎晩同じ時間に来ては頼み、五日めには武左衛門もほおっておくこともできず、ことの次第を見届けようと、宵から準備して待つところに、いつものように来たので、武左衛門は声をかけた。「何者か。

夜ごとに来て、このように頼みごとをするのは。人も多くいる中で、私をあざむき、だまそうとするのはどういうことか。」と、屏風を取りのけると、古びた髑髏があった。

武左衛門は、はっと驚き、「おのれ、まことの姿を現せ。さもなければ、微塵になそう」と刀をおっ取りつめよると、髑髏は傍に近より、いかにも苦しげな声で「決して狐や狸ではござらぬ。拙者は坂崎勘七と申す、もとは江州の新居里村で暮らしていた浪人者。十年以前のこと、身上の望みがあって江戸表に下るにつき、留主の父には妾をつけ置き、自分は旅路に赴きました。ところが、近郷に名高い稲瀬九兵衛という浪人がおり、傍若無人のふるまいで、万事に奢りがはなはだしいので、いよいよ貧しくしていましたが、私の父はこれを憐れんで、浪人の身に困窮はさぞや難儀であろうと、折にふれては米や銭などを工面しておりました。それをよいことだと思っていたのに、後々には、九兵衛からひたすら、援助してほしいといった救いを求める手紙が来る。その度ごとに多少によらず、金銀を（以下欠字のため不明だが、九兵衛は勘七の父にしつこく金銭を要求し、断られたのでついには殺したのだろう）。

九兵衛の行方がわからなかったので、一年ほどあちこちに縁を求めて問い合わせたところ、今は信州に逃げくだり、商人に姿を変えているとのこと。これを聞いてすぐに、この土地に下り、五年の間尋ねましたが、なさけないことに、六年以前、流行病で死んでしまいました。死に際の時になっても、少しも忘れぬ父の仇を討たずして果てるのかと、嘆きながら死にました。その霊魂が、頭骨に残り、このように御頼み申すのです。私の死後、ここに住む人に頼ってこれを頼んだけれども、恐れて立ち退きなさるため、狐屋敷と名づけられて塵塚となりはててしまいました。何とも残念。ふさわしい人がいたならと思う心が通じたのだろうか。あなたがここに移りなさるとは、さては私の願いが叶ったかと、浮木に会える亀のように有難く思います。九兵衛はただ今、医者となり、名を鉄庵と改めて藤谷村に住んでいます。何とぞ、彼を討ち果たし、私の妄執をはらしていただきたい」と言うかと思うと、たちまちに髑髏は消えていなくなった。

武左衛門は涙をながし、亡者の心をおしはかり、藤谷村を訪ねると、江州の出身の医者で、枕村鉄庵と表札がある。そこで、夜になってひそかに訪ね行き、亡者の告げた言葉の数々を残らず言い聞かせて、九兵衛を討って立ち帰り、勘七の霊魂に首を供えて拝み、その後、首を土中に埋めた。

さて、武左衛門は武士として勘七の約束を違えず果たした。九兵衛を討ったので、霊魂の望みのまま妄執を晴らしたはずであるけれど、自分は九兵衛に対して少しも恨みはない。よくよく考えると、御仏は自分に菩提の道を勧めていると思い、この出来事を詳しく書き置き、書いたものと髻を壁に残して出家したが、その行方を誰も知らないとのことである。

〈類話〉

＊『新御伽婢子』〔天保三年（一六八三）〕巻一「髑髏《どくろ》言《ものいふ》」／『新説百物語』〔明和四年（一七六七）〕巻三「深見《ふかみ》幸之丞化物屋敷へ移《うつ》る事」　など

○*1井筒《いづゝ》によりし三人兄弟《きやうだい》

「世《よ》に不審《しん》といふ事はなし」といへども、亦妙《またみやう》といふ事もあれば有もの。

まづ*2磁石《じしやく》の鉄《てつ》を吸《すひ》、琥珀《こはく》（五ウ）の塵《ちり》をとり、*3燧《ひうち》の火《ひ》のほくちにうつるなど心を付て考《かんが》へみるほど、不審《ふしん》なる事多《おゝ》し。なかんつく*4伝屍《でんし》といふ病あり。俗《ぞく》これを*5気方《きかた》といふ。

一人此やまひをうくれば、しだひ〳〵に血脉《けつみやく》をしたひて病死《ひやうし》し、家門《かもん》を断絶《だんせつ》する事、眼前《がんせん》にあり。医書《いしよ》にも病根《ひやうこん》をさま〴〵に論《ろん》じ、*6方剤《ほうさい》もあまたあれども、古今此《ここんこの》病の全癒《ぜんゆ》するといふ事を聞す、*7もちあぐんだる病ぞかし。

今はむかし、*8阿波《あは》の国《くに》、佐古《さこ》町とかやいふ所に加嶋や伝兵衛といふもの、兄弟《きやうだい》三人同家《とうけ》してけるが、嫡子《ちやくし》伝兵衛、生質丁寧《うまれつきていねい》にし

1 **井筒によりし**…『伊勢物語』二十三段「筒井つの井筒にかけしまろがたけ〜」を踏まえる表現。

2 **磁石の鉄を吸、琥珀の塵をとり**…磁石は鉄を吸い、琥珀は塵を吸いつけることを言う。

3 **燧の火のほくちにうつる**…火打石と火打金とを打ち合わせて生じた火がほくちに移ることが不思議と感じられた。

4 **伝屍の病**…伝染病の肺結核。伝屍病。

＊病名彙解（一六八六）・五「伝尸病　痨瘵ノ病ノ中ニ伝尸ノ一證アリ尸ハ三尸虫トテ人ノ腹中ニテ臓腑ヲクラフ虫ナリ痨瘵ヲ一人ワヅラフヒソレヨリ身近キ親類ニヒタモノウツリテ一家ヲツクシテ死スルノ症也尸チウノ類考ヘミルベシ」

5 **気方**…痨瘵のこと。労咳。

6 **方剤**…調合した薬。

7 **もちあぐんだる**…取り扱いに困る。てこずる。もてあぐむ。

8 **阿波の国佐古町**…現在の徳島

市佐古一番町から佐古五番町。徳島城下西端に位置する、伊予街道沿いに東西に続く町人地。北と東を武家地佐古に囲まれ、南は佐古川に面し、西は佐古村に接する。(『日本歴史地名大系』)

て、家業《かげう》にも（六オ）おこたりなければ、一門《もん》はいふに及はず、近辺《きんぺん》の人〳〵、子に教《おしゆ》るにも伝兵衛を見ならへといふほどの人品《ひとがら》也。

ある時、伝兵衛、二三日病気《びやうき》ともなく欝《うつ》〳〵とものおもふ気《け》しきにて食《しよく》物もすゝまざりしか、四五日過て何とかしけん、井に陥て死ければ、妻子兄弟なげきなから旦那寺《てら》へ葬《ほうむ》りて、五十日も過《すぎ》けれども、幼少《よう(し)よう》の女子《によし》のみなれば、次男《じなん》伊右衛門といふもの相続《そうぞく》しけり。

実光陰《げにくはういん》は矢のごとく、伝兵衛が一周忌《しうき》と寺僧《しそう》をまねき仏事《じ》をなし、残《のこ》るかたなく弔《とふら》ひけるに、その夜《よ》、伊右衛門また井に陥《おち》けるがその響《ひゞき》に家内《かない》（六ウ）おどろき引あげみれば、疵《きづ》などつきしを外科《げくは》に頼《たの》みて養生《ようじやう》させ、二十日ばかりに本復《ほんぷく》して、常《つね》のごとくに家業《かげう》もつとめ、また三十日も過《すぎ》けるが、ぶら〳〵と煩《わづら》ひしかば、扨《さて》は過《すぎ》つる疵の養生たらざるゆへと薬《くすり》を用《もち》ひ十日ばかりも過ける所に、終《つゐ》には井に陥《おち》、死しければ、なみだながらに葬送《さう〳〵》して、其のち一門《もん》より集《あつま》り、「若《もし》*9内證《ないしやう》に借金《しやくきん》ありや、または無妻《むさい》のものなれば色《いろ》ごとの*10義理《ぎり》にもせまり、斯《かく》のごとく死したるにや」とて色〳〵と僉議《せんぎ》すれとも、借金《しやくきん》もなく色《いろ》にもふけらず、家業大事《かけうだいじ》とつとめし（七オ）かば、いよ〳〵不審《ふしん》はれねとも、死後《しご》の僉議《せんぎ》は無益《むやく》の事そと三男九兵衛に家督《かとく》をつがせ、次男《じなん》伊右衛門は一周忌《しうき》も弔《とふら》ひて、十日ばかりも過《すぎ》けるが、また思はすも夜半《やはん》の比《ころ》、九兵衛も同《おな》じく井《い》に陥《おちい》れば、家内《かない》の者《もの》ども起合《おきあは》せ、救《すく》ひあげて薬《くすり》を用《もち》ひ、かれこれと養生《ようじやう》さすれば、何とやらん、当分《とうぶん》は乱心《らんしん》のやうにみへ、言葉《ことば》のぜんごもそろはねば一門家内《もんかない》入かへ〳〵、寝《ね》ずの番《ばん》してやうすをうかゞひ、三十日も過《すぎ》しころ、自然《しねん》と正気《しやうき》にたちかへれば、一門中集《もんぢうあつま》りて「いかなる事にて井に陥《おちい》り死なんとはしけるぞ」と（七ウ）［挿絵］尋《たづ》ねられて九兵衛はおどろき、「されば我《われ》らか身分《みぶん》において井《い》に陥《おちい》りて死すべきとは思ひもよらぬ事なれども、誰《たれ》かはしらず、熟睡《じゆくすい》のまくらに来《きた》りて声《こへ》たかく、起《をき》よ〳〵といふものあり。*11寝耳《ねみゝ》に入て何事かとあたりをみれども人

9 **内證**…内々の経済状態。

10 **義理に迫る**…世間や他の人に対しての体裁上、何事かをやらざるを得ないような状態。

11 **寝耳に入る**…睡眠中に聞く。

もなく、夢《ゆめ》かと思へは井《い》の方《はう》にたしかに其声きこへしゆへ、行《ゆき》てみれば死たる兄《あに》とも井の中《うち》より半分《はんしん》出《いだ》し手《て》をあげて、まねくとひとしく身《み》の毛《け》よたつて井に入、たゝ善悪《ぜんあく》をもわきまへず、小児《しやうに》の乳《ちゝ》をしたふがごとく、*12宝《たから》の山《やま》へ入こゝ地《ち》、飛《とび》入ぞと思ひし（八オ）後《のち》、露《つゆ》ばかりも覚《おぼへ》ず」と語《かた》れば、いづれもくはしく聞《きひ》て、「これたゞ事にあらず。はやく此家《や》を退《しりぞ》くべし」とまづ家内《かない》を引とり、四五ヶ月も過《すぎ》ければ、方角《ほうがく》かんがへ*13地祭《ぢまつ》りして、*14大工《だいく》町といふ所に宅《たく》を求《もとめ（ママ）》めて、家内《かない》を移《うつ》らせ前《まへ》の通りの商売《しやうばい》さすれば、家内《かない》はますく無病《むびやう》にして、日を追《おふ》て繁昌《はんじやう》し、妖怪《ようくはい》がましき夢をもみず。子孫《しそん》もながく続《つゝき（ママ）》きたり。

「狐《きつね》たぬきの所為《しよい》なるか、其《その》ゆえんをしらず」とある老人《らうじん》のかたられし。

12 **宝の山へ入**…得難いものを手に入れるまれな機会にあうこと。

13 **地祭り**…土地の霊を祭る地鎮祭。

14 **大工町**…現在の徳島県徳島市東大工町一―三丁目・新町橋二丁目・西大工町一―二丁目・紺屋町・西新町・東新町の南に並行する東西の通りに沿った町人地。

［挿絵］五-二

「かな□□（欠字）ようくわいある事あり　よくわきまふべし」

＊井戸から死んだ長男と次男が現われ、三男九兵衛を招いている場面。兄たちは異様な顔に描かれている。

〈現代語訳〉

井筒《いづゝ》によりし三人兄弟《きやうだい》

「世に不思議なことはなし」とは言っても、一方で、不思議なこともあればあるものである。まず、磁石が鉄を吸い、琥珀が塵を吸いとり、燧の火がほくちに移るなど、気をつけて考えて見れば見るほど、不審なことは多い。そのなかでもとりわけ、伝屍という病がある。俗にこれを気方という。

一人がこの病になると、段々と血脈を追って病死し、家門が断絶することは確かである。医書にも病根をさまざまに論じ、薬もたくさんあるけれども、古今、この病が全癒するということを聞いたことがなく、困った病である。

今はむかし、阿波の国、佐古町とかいうところに加嶋や伝兵衛という者がいた。兄弟三人は同じ家で暮らしていた。嫡子伝兵衛は、生まれつき礼儀正しく、家業も怠ることがないので、一門は言うに及ばず、近辺の人々まで、子に教えるにも、伝兵衛を見習えというほどの人柄であった。

ある時、伝兵衛は二、三日ほど、病気ともなく気がめいり、物思う様子で食欲もなかったが、四、五日過ぎて、どういうわけともなく、井戸に落ちて死んだので、妻子、兄弟は嘆きながら旦那寺へ葬った。五十日も過ぎたけれども、伝兵衛の子どもは幼少の女子のみなので、次弟の伊右衛門が相続した。

光陰矢の如しと言うが、なるほど、月日の経つのは早く、伝兵衛の一周忌になり、寺僧を招いて仏事を行ない、弔った。その夜、伊右衛門もまた井戸に落ちたが、その響きに家の者は驚き、引きあげて、傷を外科に頼んで養生させた。二十日ほどして本復し、いつものように家業もつとめ、また三十日も過ぎたが、ぶらぶらと煩ったので、さては先だっての傷の養生が足らないゆえと、薬を用いて十日ばかりも過ぎたころ、とうとう井戸に落ちて死んでしまった。涙ながらに葬式をした後、一門が集まり、「もしや、家計に借金がありはしないか。もしくは妻のいない者だから、色恋の義理にせまり、このように死んだのではないか」と、いろいろと詮議したけれども、借金もなく恋愛にも夢中にならず、家業大事とつとめていたので、いよいよ不審は晴れないけれども、死後の詮議は意味のないことと、三男の九兵衛に家督をつがせた。

次男伊右衛門の一周忌法要も済み、十日ばかりも過ぎたが、また思いがけないことに夜半のころ、九兵衛も同じく井戸に落ちたので、家の者どもは起きて救いあげ、薬を用い、あれこれと養生させたところ、最初の内は気が狂ったように見え、よくわからないことを言うので、一門や家族は交代で寝ずの番をして様子をうかがった。三十日も過ぎたころ、自然と正気に戻ったので、一門の者たちは集って、「どういうわけで井戸に落ちて死のうとしたのか」と聞くと、九兵衛は驚き、「そもそも私のような身の上で井戸に落ちて死のうとは思いもよらないことです。ただ誰かはわからないが、熟睡している枕元に来て大声で、『起きよ、起きよ』という者がいました。寝耳に聞いて、何事かとあたりを見たけれども人もなく、夢かと思うと、井戸の方で確かにその声が聞こえたので、行ってみると、死んだ兄たちが井戸の中から半分身を乗り出し、手をあげて招くのです。それを見たとたんにぞっとして井戸に入りました。善悪をもわきまえず、小児が乳を慕うがごとく、宝の山へ入る心地がして、飛び入ろうと思った後のことは、まったく覚えておりません」と語ったので、皆は詳しく聞いて、「これはただ事ではない。早くこの家を退くのがよい」と言い、まず店を閉めて、四、五ヶ月も過ぎたので、方角を考え地祭りして、大工町というところに家を求めて、店を移らせ、前の通り商売をさせると、家内はますます無病で、日を追って繁昌し、妖怪のような夢も見ず、子孫もながく続いた。「狐狸の仕業か、そのわけを知らず」とある老人が語られた。

〈類話〉

「伝戸病」について

＊『伽婢子』〔寛文六年（一六六六）〕巻十三の二、同巻十三の四

○鳧《かも》に驚《おどろ》く*1五人の悪者《わるもの》

家事《かじ》を務《つとむ》るにおゐては何《なに》をか心《こゝろ》やすきといふ事なし。兎角《とかく》何になりても正直《しやうじき》*2中道《ちうどう》をおこなふべし。

今はむかし、石川《いしかは》の権《ごん》九郎といふものあり。生得《しやうとく》、強気《がうき》大慾《たいよく》に人の喧嘩《けんくは》も買《かい》あるき、力《ちから》は人にすぐれながら、喧嘩《けんくは》のたびごと人にたゝかれ、*3養生銀《やうぜうぎん》をねだりとり、他《た》の*4世話《せわ》事にかゝりては、*5礼銀《れいぎん》などのすくなきは、「いかにしても、男を*6ふみつけ、かくのごときの礼のしかた、勘忍《かんにん》ならぬ事なれば生《いき》て居《ゐ》て甲斐《かい》なき身《み》、さしちがへる」と徇《ふれ》まはり、金銀過分《くはぶん》にむさぼりとり、殺生《せつしやう》をしてこれを償《しろ(となしカ)》□□□（九オ）、婚礼《こんれい》あるひは仏事《ぶつし》と聞ては、たのまざるに行《ゆき》てとりもち大酒をして、其《その》あとはすぐに喧嘩《けんくは》に取《とり》くむしかけ、両親《ふたおや》あれども*7袖乞《そでごひ》させ、とり所なき*8溢《あぶれ》

1 **五人の悪者**…難波五人男を意識しているか。一七〇二年（元禄一五）、処刑された大坂の無頼者で、雁金文七、庵の平兵衛、布袋市右衛門、極印千右衛門、神鳴庄九郎の五人をいう。当時大坂市内に暴威を振るったあぶれ者たちで、喧嘩に明け暮れていたが、一七〇一年六月、懐剣で人を刺したことから捕縛され、獄門にさらされた。

2 **中道**…仏語。仏教の実践についての基本的な考えで、対立または矛盾しあう両極端の立場を離れ、両極端のどれにも偏らない中正な立場を貫くこと。

3 **養生銀**…疵の治療費の意。

4 **世話事**…日常的な物事。

5 **礼銀**…謝礼として出す金銭。謝金。

6 **ふみつけ**…相手の面目をつぶす。人をばかにする。

7 **袖乞**…ものもらい。

8 **溢もの**…ならず者。ごろつき。

もの。
折《をり》しも冬《ふゆ》のはじめつかた、*9田《た》のあせせんとて钁《くわ》うちかづき出行《いでゆき》しに思ひもよらず、狐《きつね》の雉子《きし》をくはへながら*10横《よこ》ぎれに走《はし》りしを、これぞ天のたまものとて、钁《くわ》おつ取《とつ》て追《おふ(ママ)》ふて行。狐もともにたゝきふせ、我手《わがて》に入んずものをとて、打《うつ》つなぐりつ、きつねもたまらずくはへし雉子《きじ》をふり捨《すて》て、うらめしげに顧《かへりみ》て茅《かや》のしげみに隠《かくれ》ける。

権九郎は悦《よろこ》びて早《はや》く（九ウ）帰《かへ》りて楽《たの》しまんと钁《くわ》の柄《え》にくゝりつけ、*11ほた〳〵かへる道《みち》すじにて悪《わる》もの仲間《なかま》に出会《てあ》しが、しか〳〵のよし語《かた》るにぞ。「夫《それ》は不思議《ふしぎ》のさいはい」とて、四五人あつまり料理《りやうり》して、手柄《てがら》はなしの大酒に、みな〳〵大に酔《ゑひ》ふして、夢《ゆめ》のうき世《よ》とたのしみしが、其後《そののち》十日も過《すぎ》つる比《ころ》、権九郎また钁《くわ》をかたげ、己《をの》が田地《でんぢ》の畝《うね》にこしかけ、すり火打《ひうち》とり出し、一ふくせんとかち〳〵と打《うち》かけしが、今日《けふ》も又いづくよりか来りけん。狐《きつね》*12今般《こんど》は鳧《かも》をくはへ、一さんにかけりゆく。

9 **田のあせせん**…田の畦を整えよう、の意。

10 **横ぎれ**…横切って。

11 **ほた〳〵**…機嫌よく。

12 **今般**…今度。
＊近代百物語・巻一の一「ことに遠国、今般（こんど）ふしぎの上京にて」

権九郎吃《きつ》とみて、「*13福徳《ふくとく》の□□《（三年カ）》（十オ）め。かさね〱のお心ざし、辞退《じたい》申はかへつて無《ぶ》礼。いざうけとらん」と钁《くわ》うち振《ふっ》て取かゝれば、狐もこれをわたさしと、*14りう〱とふりまはす鍬《くわ》を飛《とび》こへ、あるひはくゞり、透間《すきま》もあらば逃《にげ》さらんと、かなたこなたへ飛《とび》まはれど、名《な》にあふ大力《だいりき》したゝかもの。なんなく追《おっ》つめ、鳧《かも》うちおとせば、狐もつかれてかしこへかくれ、権九郎は鳧とりあげ、「やれ〱年《とし》ふる古《ふる》狐、おもはぬ骨《ほね》をおらせしが、まんまとたゝきおとしたり。さらば帰《かへ》りてたのしまん」と道《みち》を急《いそぎ》て立《たち》かへり、彼悪者仲間《かのわるものなかま》をよびにつかはし、今日《けふ》の（十ウ）はたらきつふさに語《かた》り、*15ねふかを求《もと》めて吸《すい》物こしらへ、いづれも酒に酔《ゑひ》ふしたり。

其村の庄官には今《こ》年五才のいたいけざかり、三吉といひけ□□《（るがカ）》、嫡子《ちやくし》にも□《（末カ）》子《し》にもたゞ一人の愛子《あいし》なりしが、天命のがれがたくして七日まへより*16疱瘡《ほうそう》に、医者《いしや》手をつくし、薬を用ひ、さま〱と養生《やうじやう》すれとも、終にきのふの暮《くれ》かたにむなしくなれば、両親《ふたおや》の

13 **福徳の□□め**→福徳の三年め…諺。（福徳の利益は三年目（あるいは百年目）にまわってくるという意で）久しぶりに幸運に会うこと。思いがけない利益を得ること。

14 **りう〱**…刀・槍・矢などが勢いよく風を切る音を表わす語。

15 **ねふか**…葱の異名。

16 **疱瘡**…天然痘の別称。

なげきは尤《もつとも》。さる事なれども斯《かく》てもはつべき事ならねば野辺に送《おく》り、香花《かうげ》を供《そな》へ、なみだに袖《そで》をしぼる折ふし、誰《たれ》かはしらず、二三人、「今三吉様の墓《はか》へ（十一オ）ゆけば、権九郎が堀《ほり》かへし、御骸《かばね》をと□□《（欠字）》才右衛門、榎《ゑ》の木の半助、河原の七五郎、横田《よこた》の嘉平次、五人の者吸物《すひもの》にして居《い》まするそ。吃《きつ》と御せんぎなされませ」と高声《たかこへ》によばはるにぞ。□□□□《（庄官夫婦カ）》はおどろきて、自墓《みづからはか》にはしり行みれば、詞《ことば》にちがひなく、堀《ほり》かへし骸《かばね》も見へねば、「すこしも紛《まぎれ》なきぞ」とて権九郎が家にゆけば、右の者ども大に酔《ゑひ》ふし、*17裏口《せどぐち》にて料理《りやうり》せしか疱瘡子《ほうそうこ》の首《くび》手足□□□《（欠字）》ありけるにそ。庄官夫婦は狂気《きやうき》のことく、悪者《わるもの》ど□《（もカ）》を引起《おこ》し、「何科《なにとが》あつて其方とも、我子《わがこ》のかはねを（十一ウ）〔これ以降なし〕

17

裏口…家の裏の出入り口。

[挿絵] 五 - 三

「きつねのとりたるきじをうばゐてくらいけるか」
「其あたをむくはれふかき罪におこなはれしや」
「すべてきつねはあたをむくうものなり」

＊狐がくわえていた雉を権九郎が横取りしようと、鍬を手に取り追いかける。

〈現代語訳〉
鳧《かも》に驚《おどろ》く五人の悪者《わるもの》

家庭内の事柄においては何が簡単という事はない。とかく何であっても、正直、中道を行なうべきである。

今はむかし、石川の権九郎という者がいた。生まれつき、強気で大欲で人の喧嘩も買いあるき、力は人に勝っていながら、喧嘩のたびごとに人にたたかれて、薬代をねだりとり、他の世話事に関わっては、謝礼金などの少ないのを、「いかにしても男をばかにして、このような礼のしかたでは勘忍ならぬことなので、生きていても甲斐なき身だから、刺し違える」と触れまわり、金銀を過分にむさぼりとり、殺生をしてこれを金にかえ、婚礼、あるいは仏事と聞くと、頼まれないのに、行ってとりもち、大酒を飲んで、そのあとはすぐに喧嘩に取組むやり方で、両親はいるけれども物乞いをして、良いところのないあぶれ者である。

ちょうど冬のはじめころ、権九郎が田の畦を整えようと、鍬を肩にかついで出て行くと、思いもよらず、狐が雉子をくわえながら横ぎったのを見て、これこそ天からの賜り物と思って、鍬を手に取って追って行き、狐もともにたたきふせ、「おれの獲物だ」と言って打ったり殴ったりした。狐もたまらず、くわえた雉子をふり捨て恨めしげに振り返って、茅のしげみに隠れた。権九郎は悦んで、さっそく帰って楽しもうと、鍬の柄にくくりつけ、機嫌よく帰る道で、悪者仲間に出会い、これこれとその旨を語る。すると、それは思いもよらない幸いなことだと言って、四、五人集まり、料理をして手柄話に大酒を飲み、皆、大いに酔って夢の浮世と楽しんだ。

その後、十日も過ぎたころ、権九郎はまた鍬を肩にかつぎ、自分の田地の畝に腰をかけ、すり火打をとり出し、一服しようと、かちかちと火打をうちかけたが、今日もまた、どこから来たのだろうか。狐が今度は鴨をくわえ、一目散にかけて行く。権九郎はきっと見て、「福徳の三年め、重ね重ねのお心ざしを辞退申すは返って無礼。いただこう」と鍬を振ってかかると、狐もこれを渡さじと、振り回す鍬を飛びこえたり、くぐったりして、すきがあれば逃げさろうとあちこちへ飛びまわったが、権九郎は評判の大力で、したたか者なので、なんなく追いつめ、鴨をうちおとすと、狐もつかれてどこかへ隠れた。権九郎は鴨をとりあげ、「やれやれ、年とった古狐が思わぬ骨を折らせたが、まんまとたきおとした。それでは帰って楽しもう」と道を急いで立ち帰り、悪者仲間を呼びにやり、今日のはたらきをつぶさに語り、葱を求めて吸物をこしらへ、それぞれ酒に酔った。

その村の庄屋には、今年五才で可愛い年ごろの三吉というたった一人の愛子がいたが、天命は逃れがたく、七日前より疱瘡にかかり、医者が手を尽くし薬を用いてさまざまと養生したけれども、ついに昨日の夕方に亡くなったので、両親の嘆きはもっともである。

当然のことだけれども、こうしていてもきりがないので、野辺に送り、香花を供えて涙に袖をしぼる。ちょうどその時、誰かは知らず、二、三人が「今、三吉様の墓に行くと、権九郎が掘り返した遺体を、才右衛門、榎の木の半助、河原の七五郎、横田の嘉平次など五人の者が吸物にして飲んでいましたよ。必ずご詮議なされませ」と大声で呼んだ。庄屋夫婦は驚いて、墓に駆けつけると、言葉の通り埋めた遺体も見えないので、権九郎の家に行くと、右の者どもが大いに酔っている。裏口には病死した子の首や手足があった。

庄屋夫婦は狂気の様子で悪者どもを引き起こし、「何の咎があって、お前らは我子のかばねを…（以下判読不能）

〈類話〉

＊『今昔雑冥談』（宝暦一三年（一七六三））巻四「狐の食を取て害にあふ事」（水谷不倒氏『選択古書解題』「新撰百物語」の項。〈『水谷不倒著作集』第七巻所収〉中央公論社、一九七四年）／『諸仏感応見好書』（享保一一年（一七二六））下「喰フ二吾ガ子ヲ一」

＊『猪苗代湖南の民俗：福島県郡山市湖南町三代』所収（東京女子大学史学科郷土調査団、一九七〇年）

「清六という猟師がいた。あるとき、狐を一匹とって来て食べたときに、窓の外で「うまいか清六」という声がした。外を見ると狐が逃げていくのが見えた。そしてあくる晩に、とっておいた肉を食べていると、「流しの下の骨見ろ、流しの下の骨見ろ」という声が聞こえて、また狐が逃げていった。そこで見ると、清六の子どもの骨があった。」

（国をへだてゝ二度の嫁入）（本文欠）

［挿絵］五‐四

「遠国よりむかへし女ほうおやもとにて死しおつとをしたたひてきたり」

「しばしつれそひゐけるにむすめのふたをやかなしみのあまりかみをそりてくわいこくし此所にきたりければむすめことはをかわしてのちかきけしてうせにける」

「そなたのおやたちの御いてじや」

＊亡妻は夫を慕って姿を現す。亡妻の両親は娘の死を悲しみ、剃髪して廻国。娘夫婦とめぐり会い言葉を交したあと、娘はかき消すように消える。

〈書誌〉

底本　富山大学附属図書館ヘルン文庫所蔵本。

請求記号　ヘルン文庫配架番号：２２８６

所蔵書名　新選百物語

巻数・冊数　半紙本五巻。一冊、合本。

編著者　鳥飼酔雅（『日本古典籍総合目録』参照）

表紙　縹色地（その上に墨地の新装表紙有り）。縦二十二・三糎×横十五・六糎。

題簽　原題簽は剥落。（新装表紙に後補題簽（左肩四周無界）、「新選百物語」と墨書。）

序・見返し　なし。

内題　「新選百物語（「しんせんひやくものかたり」とふりがな付き）巻一（～巻五）」。

尾題　新選百物語巻一終（～巻四終）、巻五後半からないため、尾題不明。

構成・丁付

巻一　総目録一丁、本文十六丁、全十七丁。丁付「一（～十三）」。

巻二　本文十三丁半。丁付「一～（十二終）」。

巻三　本文十七丁半。丁付「一～（十五）」。

巻四　本文十七丁。丁付「一～（十五）」。最終丁付判読難。

巻五　本文十三丁、以降無し。「一～（丁付あるが判読難）」。

挿絵

巻一　片面六図。（四オ、四ウ、八オ、八ウ、十二オ、十二ウ）。

巻二　片面四図。（五オ、五ウ、十オ、十ウ）。

巻三　片面六図。（五オ、五ウ、十一オ、十一ウ、十四オ、十四ウ）。

巻四　片面四図。（六オ、六ウ、十二オ、十二ウ）。

巻五　片面四図。（五オ、五ウ、九オ、九ウ）。

柱刻　上部に柱題、巻数。下部に丁付がある。

柱題　「一　新選百物語一（～五）　〇（丁付）」。

匡郭　四周単辺。縦十七・一糎×横十二・八糎。

行数　毎半丁十行。

目録　「一の巻目録（～五の巻目録）」。

跋・刊記・広告　不明。

印記　陽刻円形朱印「小泉／八雲」（巻初右上）。もう一種、見返し下部と巻初右上に印記あり。

備考　挿絵には丁付無し。

〈コラム〉

幽霊の遺念

堤　邦彦

何ゆへこゝに来りしぞ

深窓の娘・お園が愛する夫と生まれたばかりの子供を残してみまかる。しばらくするとお園の幽霊が影のごとくにあらわれて「箪笥」のそばにたたずむようになる。高名な禅僧・太元が呼ばれ、娘の迷いのもとになった手紙の束を焼き捨てる方法で亡魂を得脱させる。じつはお園は、人知れず不義密通の罪を犯していた。手紙は動かぬ証拠だったのだ。

『新撰百物語』巻三の三「紫雲たな引蜜夫の玉章」は、純朴そうな娘の秘密をめぐり、隠し男の筆の跡が気にかかって浮かばれない死者の妄念と、

その原因をつきとめる高僧の機知に言いおよぶ。小泉八雲の「葬られた秘密」の原典として研究者の目をあつめた一篇である。

この世に舞い戻った娘を目の前にして、両親は「何ゆへこゝに来りしぞ」と戸惑い、夫や子供への未練かと、さまざまな仏事を執り行った。さらに箪笥の中の衣類・道具が気になるのではあるまいかと、これもすべて寺に納めたが、いっこうに効き目がない。話の前半は幽霊化現の理由がとんと分からず右往左往する家族の困惑を描き出している。

死者の遺念が引き起こす妖異じたいは、すでに近世初期の怪異小説や勧化本に類型を見出すこと

ができる。現世への断ち切れない未練のもとは、幼い子に対する愛情であったり、蔵にあふれる家財、金銭を惜しむ心であったりと、バリエーションに富むものであった。

鈴木正三の片仮名本『因果物語』（寛文元年・一六六一刊）に書きとめられた次の説話は、唱導僧のあいだにひろまった遺念譚の比較的早い時期の例といえるだろう。

死者の妄執

片仮名本『因果物語』をひもとくと、中巻二十三「幽霊来テ子ヲ産《ウム》事付タリ子ヲ憐ム事」の第三話に紀伊国の因縁である母幽霊の哀話がみえる。ひとり残された赤子のために、女は幽霊となり三年の間、乳を与え続けた。無事に育って青年となった息子は「色少シ悪キ男」にみえたという。ほぼ同様の話が天和四年（一六八四）成立の『古今犬著聞集』巻九に載っている（「迷霊子を育つ」）。あるいは、こうした民間口碑を下敷きにして正三の説教話材への転用が行われたのかもしれない。

幽霊化現の原因は、肉親に対する愛情ばかりではない。生前に貯え置いた金品もまた、死者の安楽を妨げる煩悩とみなされ、説教の話材に用いられていた。たとえば『因果物語』上巻十八は「幽霊来蔵守事《キタリクラマモル》」の章題から分かるとり、財産に固執する富者の霊魂の話である。

重い病の床に臥す男が生涯かけて蓄《た》めた財物の納まる蔵をじっと眺めている。いよいよ歩行もままならぬ体で盥《たらい》に乗せられて蔵を見て回り、七日ほどしてあい果てる。凄まじいまでの物欲のなせる業であろうか。夜ともなれば幽霊が蔵の脇に立ち、狂ったように「カナギリタル声」を発する。妄執のおぞましさと得脱の方法をつまびらかにする正三法話のエッセンスが短章のうちに示されている。

また、下巻五の「僧ノ魂蛇ト成《ナリ》、物ヲ守《マモル》事付タリ亡僧来《キタリ》テ金ヲ守事」に収録された四つの話は、僧侶の貪欲を扱う教化譚の典型であった。ことに第三話は落語の「へっつい幽霊」の原型を示す内容である。

美濃国大井宿の荒れ寺に毎晩坊主の幽霊が出て、囲炉裏の端を離れようとしない。ある時、旅の曹洞僧が「炉ニ執心有」と見抜いて隠してあった十五両を掘り出し、この金で亡き僧侶を弔ったところ、二度と幽霊は現れなくなった。

禅僧の法力により死者が執着心から解き放たれるという唱導説話の流れは、やがて『耳嚢』巻五「怪竈《カイソウ》の事」などの民間奇談に変遷しながら、落語「へっつい幽霊」にいたり、仏教色を後退させた執念咄の定型を確立していくのであった。

恋文を焼く僧

一方、『新撰百物語』巻三の三は、亡き娘の執着が、秘められた艶書にある点で、一連の遺念譚とのあいだに温度差をみせている。人目を憚る不義の証拠が気がかりで浮かばれない幽霊という内容にそくしていえば、むしろ本章の類話にかぞえられた『耳嚢』巻三「明徳の祈禱そのよる所ある事」との関連が浮き彫りになるだろう。話の基本構造をみるかぎり、両者のあいだに大きな違いはない。

裕福な家の娘が亡くなる。たびたび幽霊となって座敷の隅にあらわれるので、両親は中有を迷う我が子の姿に嘆き悲しみ、そのころ「飯沼の弘経寺」（現茨城県常総市）に居た浄土僧・祐天上人に救いを求める。高僧は、まず亡者化現の原因が何によるものかを見極めることになる。

娘は日によって出る場所を変えたりするのか?
いえいえいつも同じ座敷にあらわれまする。

家人との問答から幽霊出没の一間を特定した祐天は、梯子と火鉢を用意させて、くだんの座敷に籠り、一心に経文を唱える。こうして天井裏に隠してあった夥しい数の艶書を見付け出すと、それらを火鉢の火に投じ、すべてを煙に変えた。「此《この》後必ず来る事有《ある》まじ」との上人の言葉のとおり、幽霊は二度とこの世に舞い戻ることがなかった。

この話は、累《かさね》怨霊の鎮魂で名高い祐天の法力譚のひとつとみてよい。『古今犬著聞集』などの奇談雑筆には、累のみならず、荒ぶる憑霊を得脱せしめ、難産に苦しむ女房を念仏の効力によって救う祐天の法徳がつぶさに語られている。高田衛の指摘する「悪霊祓い師《エクソシスト》」としての祐天の物語が、巷間の風説となって四散していたわけである。『耳嚢』にとりこまれた艶書焼却の因縁もまた、神異僧・祐天をめぐる聖なる俗伝にほかならない。

祐天神話

江戸の町人社会において、祐天の数珠や自筆の名号が亡魂済度に効験ありと信じられていたことは、近世中期の寺院縁起を見ても明白であった。

江戸七地蔵のひとつ専称院（現板橋区）は、祐天を中興の祖とあおぐ浄土宗寺院である。荒川の水難者を弔う「溺水亡霊解脱塔」や、産女済度の伝承をともなう「幽霊観音像」で知られるこの寺の宝物には、祐天所持の百万遍数珠、自筆名号などが伝わる。それらの利益として、怨霊鎮圧はもとより、さまざまな除災の効験が説きひろめられたことは、近世期の唱導現場の実状をものがたる。専称院版の『祐天大僧正極略縁起』（『略縁起集成』

第一巻）をひもとけば、

此数珠御名号信心して頂戴の人ハ、亡霊怨念怨ミたゝり狐狸野干の障り、剣難水難諸病平癒して一切厄難免除《まぬが》れ、しかも出世開運福寿満願す。

とあり、絶大な呪力を発揮する祐天ゆかりの霊宝が紹介されている。

このほか、祐天の名号をめぐる利益譚の流布は創作文芸のなかにもその痕跡をうかがいうるものであった。北条団水の『昼夜用心記』巻三の五「駿河に沙汰ある娘」に、死んだ娘の棺に納めた祐天の名号を騙りの小道具に使う筋立てがみえるのは、世俗にひろまった名号信仰の援用であろう。

かくして祐天神話ともいうべき自筆名号の利益譚を土台として、悪霊祓い師の聖なるエピソードは江戸の巷間に話の輪をひろげていく。

もっとも、文化十一年（一八一四）の編述とされる『耳嚢』の一話をもって『新撰百物語』の素材を論じるのは、従来の典拠論的な見方からいえば、たしかに無理があるかもしれない。成立年代の順が逆になる、からだ。

一方、遺念のこもる品を処分する呪法が、近世浄土宗の内部にひろく共有されていたとしたらどうであろうか。文学研究の視点だけでは見えてこない作品周辺の宗教環境を再現することは、じつはそう難しくない。

密ニ焼キ捨ツベシ

中世から近世の僧坊において、一寺の住職たる者が心得おくべき諸事を簡略にしるした布法マニュアルが編まれ、門派末寺のあいだに普及した事実は、現存する「切紙」や「伝法書」の研究により、かなりの部分が明らかにされている。ことに死者の弔祭供養にまつわる葬式指南書は、浄土宗の宗門を中心に「無縁」の語を冠する書物にまとめられており、『浄土無縁引導集』などの普及版刊本さえ出回っていた（浅野久枝「無縁の名をもつ書物たち」『仏教民俗研究』7号）。

そのような状況のもとに編まれた『浄土名越派伝授抄』は、死者の念をいかにして封ずるかを、実践的に教える章段を特徴とする布法書であった。

本書は江戸小石川の源覚寺（現文京区、通称こんにゃくえんま）の所蔵本で、天保五年（一八三四）の識語をもつ写本一冊である。全十二章のなかには、死者の末期の扱い方を述べた「臨終ノ悪相ヲ静ムルノ伝」、葬送時の魔払いに関する「火車之相現ズル大事」、産死婦の冥苦を取り除く「懐妊ノ者葬ル大事」といった項目が見出され、弔祭の現場に直接かかわる内容にこと欠かない。ことに「幽霊とは何か」を的確に説明した「亡魂往来之大事」の条は、近世の僧坊に根をおろした霊魂観のありようを詳細にものがたるものであった。迷魂浮遊の元凶を生前の物欲、恋情に結び付けて説く唱導僧の語り口が、本条の随所に見て取れる点は注目してよかろう。

幽霊をみたといって怯える檀信徒への対応をめぐり、「亡魂往来之大事」は以下のように指南する。一度死んだ者がこの世に姿をあらわすことなどない、とひとまず合理的に諭して聞かせる。それでもだめな時は、在家の不安を除く便法として、経文を書いた護符を門口に立て、亥の刻（午後八時ころ）を選んで死者の法名を唱え、「南無阿弥陀仏」の名号を授ける。ここまで弔祭をつくしても霊異が止まない場合の善後策をめぐって、本文はこう続く。

是ノゴトク弔ヒテモ亡魂アラワレバ、亡者ニ必ズ執心アルベシ。其ノ執着スベキ様ノモノ、ヨクヨク尋聞スベシ。多クハ財宝、諸道具、住宅ノ処、或《アルイ》ハ男女ノ愛憐、又《マタ》ハ密々ノ隠シモノ世間ニ恥《ハズ》ルモノ等ナリ。

死者の心残りの対象物を家財、情愛、人に言えない隠し物などに求める論法は、〈ものに執着する亡魂〉の形象化、具体化をもたらした僧坊由来の幽霊像を今日に伝えるものといえるだろう。

さて、遺念物の発見に続けて、「亡魂往来之大事」はそれらの弔祭処置に関する具体的な方法を明らかにしている。すなわち亡者の目あてが他見を憚る隠しごとと判断されたときには、「ヨクヨク家ノ内、親シキ者ニ見繕《ツクロ》ハセテ、密《ヒソカ》ニ焼キ捨ツベシ」と結論付ける。焼却なくして幽霊封じはできないというのである。

『浄土名越派伝授抄』が十八世紀の無縁本を縦横に引用しながら編纂された葬式指南書の集大成である点を顧みるなら、遺念の品を人目に触れず火にくべる亡魂済度の便法が近世の浄土宗門のなかで周知、共有されていたとしても不自然ではない。だとすれば、先にみた〈艶書を焼く祐天〉の話もまた、僧坊の日常にごく近いところに生成した説話ということになる。「祐天神話」は浄土僧たちの日々の布法活動に直結している。

ひるがえって『新撰百物語』からハーン作品に展開した艶書怪談の位相は、死者の弔祭と供養を語る唱導話材の周縁に派生した、新たな怪異文芸の流路を意味するだろう。僧坊の遺念譚に似て非なるものの登場は、江戸怪談が説教僧の掌中を離れ、独自の方向をめざす変遷史のひとこまにほかならない。

〈コラム〉

怪を語れば怪至る

近藤瑞木

百物語にまつわる「屏風のぞき」の怪談が、『俗《ぞく》怪妖霊穂志《かいようれいほし》』と『近代東怪談《きんだいあずまかいだん》』に見えている。いずれも写本でしか伝わらない近世中・後期の怪談集である。

『俗怪妖霊穂志』（槲窓妙宇《こくそうみようう》著・明和七［一七七〇］年成・大洲市立図書館矢野玄道文庫蔵。孤本）「百物語の化怪」では、ある雨の日に退屈しのぎに集まった十三、四人の者たちが、夜通し百物語をやることになる。ふつうのやり方ではつまらないと、人々の周りに丈六尺ほど（約一・八メートル）の六枚屏風を立て、座の中央に据えた行灯に灯心百筋を灯し、「化物語種々さまざま」を語っていった。夜の八つ時（午前二時頃）を過ぎた頃、その家の下女から「御夜食を上ませふ」と声がかかり、その女の頭が屏風の上から、ぬっと出た。一座の男の一人が、この家の下女は小柄であったはずだと言ったのをきっかけに、一同ぞっとなって逃げ出した。とかくこのようなこと（百物語）はしない方が良い、という話である。

『近代東怪談』は『澁谷近世』十七号に東京都立中央図書館特別文庫東京誌料蔵本の翻刻（岡田哲氏による）が備わるが、同本は三話のみの抄出本である。国会図書館蔵本（白眼山人和光《はくがんさんじんわこう》著。寛政五［一七九三］年序・文政八年写。「近代東怪録」の書名で登録されるが「談」が正しい）は全六話で口絵なども備わるが、これも完本と言える確証はない。国会本に見える「番町の百物語怪異の事」は、番町辺の市依重兵衛という旗本の話である。重兵衛の屋敷に仲間衆が集まり、酒を飲みながら話をするうち夜更けに及び、百物語を始める。話が進んで灯心も残り二筋という時、「あたりはしん〳〵としてものすごく、今や此とふしんをけすものあらんとかたずをのんでうしろを見れば、まわりにたてし屏風のうへより、三尺ほど見こして、さもおそろしき大の女の色青ざめたるが、かねくろ〴〵とつけて大ひなる銚子をひつさげ、にこ〳〵とわらひしは、まことにきもたましひもきへうせけるかと、ふた目と見ずしてうつむけば、座中大ひにさわぎけり」。夜が明けて後、人々がこの件を話していると、この家の腰元が言うには、先に自分が酒を運んだ時、なぜかいつもは背伸びしても手の届かない屏風のてっぺんが、腰あたりにあるかのように上から覗《のぞ》きこめたと。語り手は「愚案《ぐあんず》るに、妖は陰気なり。逢魔時《おうまがどき》より百魅の生ずる事は、皆人の知る処也。それに妖のあつまることをなせば、そのしるしはあるべきはづならん」と、これも百物語の怪異を事実と認めて話を結んでいる。

横井《よこい》也有《やゆう》の「百話亭辞《ひゃくわていのじ》」（天明八［一七八八］年刊『鶉衣《うずらごろも》』後編）にも、「俳諧の夜会ありて、其句数百に満る比ほひ、勝手口の屏風の上より、女の首ばかり忽然と見えて失せたるは、夜食の時分を窺ふならん」などとあるから、「屏風の上から覗く女」の話は、百物語にまつわる怪談としてそれなりに流布していたものかもしれない。この話が面白いのは、怪異談として微妙なラインに踏み止まっている点であろう。現象としては「怪異」であるが、女の正体が化物や幽霊というわけではない。

例えば、百物語とは無関係だが、鳥山石燕《とりやませきえん》の『今昔百鬼拾遺《こんじゃくひゃっきしゅうい》』（安永十［一七八一］年刊）下之巻にも「屏風闚《びょうぶのぞき》」の妖怪図があり、図様と詞書から、かつて愛し合ったカップルの女が、他の女と寝る男を恨みながら覗く画と解される。また、僧が寺で博奕をしている時に屏風の上から女の首が覗くが、それは僧と関係を持つ娘で、ちょうどその時刻に亡くなっていたという伝承などもあり（土井卓治「妖怪二題」『岡山民俗』十一号）、これも僧と女に因縁があるという点では、石燕「屏風闚」に類する。これらは怪談としてはむしろスタンダードな「執着談」に分類されようが、『俗怪妖霊穂志』『近代東怪談』の話例は、怪異の目撃者と女の間に因縁が存在しない。深読みするならば、目撃者の勘違い（誤認）や女のイタズラとも解し得る。

随筆や実話系の怪談集の類で、百物語の果てに起こるのは、こうした曖昧な現象である事が多い。一方、創作性の高い草双紙などでは、百物語によって化物が大胆に登場する。『妖怪仕内評判記《ばけものしうちひょうばんき》』（安永六［一七七七］年刊）には、「大の毛足」なる化物を説明して、「大の毛足とて、百物語などする夜、はなしの数は九十に及ぶときは、一座の人、心そろ〳〵、身の毛よだちて「化物は今か〳〵」とこぞるとき、天井よりぬつと足を出すといへり」などとあるが、これなどは百物語の怪異、妖怪の極めて通俗的なイメージだろう。実際の百物語怪談会においてこんな事はまず起こり得ない。『黒《こく》甜瑣語《てんさご》』（四編一巻「横城直衛」）、『怪談はらつづみ』（巻第四「百物語もおすにおされず」）、『聖城怪談《せいじょうかいだん》録《ろく》』（跋）など、百物語を扱う実話系怪談の結末には、何か起こったかに見えても「正体見たり枯尾《かれお》花《ばな》」のオチのつく話例も多い。

常識的な読者は、それが当たり前だと思うかも知れない。では、現実に百物語怪談会を催してもドッチラケに終わるだけかと言えば、あながちそうとも言い切れないのだ。「怪異」が起こるかどうかは、結局はそれを認識する側の問題だからである。

例えば『因幡怪談集《いなばかいだんしゅう》』「山根氏家にて百物語を興行する事」には、山根伝九郎という武士宅で百物語をした所、翌朝さまざまな手道具、調度類が裏庭に積まれていた、という話が見える。スーパーナチュラルな現象が起こったわけではなく、「盗人のわざなるべし」（本文）という解釈も成り立ちうるわけだが、とにもかくにも「是百物語の印《しるし》なり」という解釈で結着している。このように怪異（非合理）とまでは言い切れないような事象でも、百物語の効果で下駄を履かせられるのであり、あるいは尾鰭《おひれ》が付いて怪談化するケースもあるだろう。

暗がりの中、怪異談が繰り返されて行く百物語の座は、一種陶酔的、催眠的な効果を伴い、それは怪異体験を人工的に作り出す仕組みとも言える。正式に「百」話を語るとなれば、実際に夜を徹するくらいの時間を要する。当然参会者は眠気と疲労で困憊《こんぱい》するし、そこに酒が加わる事もある。「酒肴取ちらして、あはれ喰ながら二つ三つ語り出して調続くるに、いつとなく灯火の隈《くま》徐々と物すごく、砌《みぎり》の滝音、松の声耳にたつ様におぼえければ…残る二筋三筋の光り、灯心而已《のみ》か、心幽に、夜半鐘くはり、横打雨のはら〲に、はつといはねど底意には俄に秋の身に入て、や、寒うなる折節」（元文元［一七三六］年序『窓外不出集《そうがいふしゅつしゅう》』中巻「百物語」）。かかる描写にも、座の異様な雰囲気が次第に高まり、参加者の精神状態の不安定になって行く様子が窺われよう。前述した「枯尾花」の話例も、百物語の場の錯覚や誤認を促す効果を裏付けるが、猿沢の池の竜が昇天したことを思えば（芥川龍之介「竜」）、「誤認」や「幻覚」といった理解は浅薄であるかもしれない。百物語の俗信が近世を通じて次第に衰退し、遊戯化していった事は確かであるが、百物語を単なる怪談会と侮《あなど》ってはいけない。

あとがき

ここにご紹介した「新選」と冠する『新選百物語』は他と比して「新選」で「新鮮」なものだったのでしょうか。版元吉文字屋による『新選百物語』の広告文が残されており、吉文字屋が怪談をどうとらえていたのかをうかがうことができます。『伯母叔母渡辺秘鑑』(明和十年)や『当世宗匠気質』(安永十年)などの末尾に付された「定榮堂新版當世読本目録」には『新選百物語』についてこう記しています(定榮堂は吉文字屋鳥飼氏の屋号)。

「それ日月星辰風雨霜雪は怪の真なるもの也人常に心を以て怪まず人の怪とするも又造化の一変にして怪に似て怪にあらす聖人怪を語らざるの理こゝに於て明か也今の人の怪とするものを挙て百物語と題するも又一怪なり」

つまり「自然現象こそが真の怪であるのに常に見るものだから人はそれを怪しまない。人が怪とするものもまた自然の一変形だから怪のようで怪ではない。孔子が「怪力乱神を語らず」といったのも語るべき怪がないのだから道理である。むしろ今の人が怪とするものを挙げ連ねて百物語と題すること自体もまた一つの怪であろう」ということでしょうか。怪なき時代にあえて怪を語るのが、『新選百物語』の新しさだったようです。

閲覧・複写等でお世話になった富山大学附属図書館をはじめ諸機関に深謝申し上げます。常に励ましをいただき、熱心にご指導してくださった篠原進先生をはじめ、本書のために解説をお寄せくださった近藤瑞木先生、堤邦彦先生ほか、お力添えを賜りました諸先生方、先輩方には心より深く感謝申し上げます。

最後に、遅々として進まない作業を暖かく見守ってくださった白澤社の坂本信弘氏にはこの場をお借りして御礼申し上げます。

二〇一八年十一月

岡島由佳

執筆者紹介

〈監修・序〉

篠原　進（しのはら すすむ）

青山学院大学名誉教授。専門は日本近世文学。

編著書に『ことばの魔術師　西鶴』（共編、ひつじ書房）、「江戸のコラボレーション——八文字屋本の宝暦明和」（『国語と国文学』2003年5月）、「二つの笑い——『新可笑記』と寓言」（同2008年6月）。「「目さむる夏の青み哉」——団水2・最終講義」（『青山語文』48号、2018年3月）など。

〈翻刻・注・現代語訳〉

岡島由佳（おかじま ゆか）

青山学院大学大学院文学研究科日本文学・日本語専攻博士後期課程在籍。専門は日本近世文学。論文に「『新選百物語』小考」（『青山語文』第48号、2018年3月）など。

〈コラム〉

堤　邦彦（つつみ くにひこ）

京都精華大学教授。博士（文学）。専門は江戸怪談と近世説話研究。

著書に『江戸の怪異譚』（ぺりかん社）、『女人蛇体——偏愛の江戸怪談史』（角川叢書）、『江戸の高僧伝説』（三弥井書店）、『絵伝と縁起の近世僧坊文芸——聖なる俗伝』（森話社）など。

近藤瑞木（こんどう みずき）

首都大学東京人文科学研究科日本文化論分野准教授。専門は日本近世文学。

著書に『百鬼繚乱——江戸怪談・妖怪絵本集成』（国書刊行会）、『初期江戸読本怪談集』（共編、国書刊行会）、『幕末明治百物語』（共編、国書刊行会）など。

新選《しんせん》百物語《ひゃくものがたり》——吉文字屋怪談本《きちもんじやかいだんぼん》 翻刻《ほんこく》・現代語訳《げんだいごやく》

2018年12月14日　第一版第一刷発行

監修　篠原 進

翻刻・注・現代語訳　岡島由佳

コラム　堤 邦彦／近藤瑞木

発行者　吉田朋子

発　行　有限会社 白澤社《はくたくしゃ》
〒112-0014　東京都文京区関口1-29-6　松崎ビル2F
電話03-5155-2615／FAX03-5155-2616／E-mail : hakutaku@nifty.com

発　売　株式会社 現代書館
〒102-0072　東京都千代田区飯田橋3-2-5
電話　03-3221-1321㈹／FAX　03-3262-5906

装　幀　装丁屋KICHIBE
印　刷　モリモト印刷株式会社
用　紙　株式会社市瀬
製　本　鶴亀製本株式会社

 ISBN978-4-7684-7974-2